A HIGH WIND IN JAMAICA
牙买加飓风

〔英〕理查德·休斯 著

姜薇 译

人民文学出版社

著作权合同登记号　图字 01-2022-4068

Richard Hughes
A High Wind in Jamaica

Copyright © The Estate of Richard Hughes, 1929.
Simplified Chinese edition Copyright © 2023 by Shanghai 99 Readers' Culture Co., Ltd.
All rights reserved.

图书在版编目(CIP)数据

牙买加飓风/(英)理查德·休斯著;姜薇译. —
北京：人民文学出版社,2023
(20 世纪现代经典文库)
ISBN 978-7-02-017658-8

Ⅰ.①牙… Ⅱ.①理… ②姜… Ⅲ.①长篇小说-英国-现代　Ⅳ.①I561.45

中国版本图书馆 CIP 数据核字(2022)第 237065 号

责任编辑　朱卫净　刘佳俊
封面设计　钱　珺

出版发行　人民文学出版社
社　　址　北京市朝内大街 166 号
邮政编码　100705

印　　刷　山东新华印务有限公司
经　　销　全国新华书店等

字　　数　183 千字
开　　本　890 毫米×1240 毫米　1/32
印　　张　7.375
版　　次　2023 年 1 月北京第 1 版
印　　次　2023 年 1 月第 1 次印刷

书　　号　978-7-02-017658-8
定　　价　59.00 元

如有印装质量问题,请与本社图书销售中心调换。电话：010－65233595

目录

译者序 1

第一章 1
第二章 31
第三章 49
第四章 73
第五章 95
第六章 109
第七章 123
第八章 145
第九章 169
第十章 195

译者序

一个海上的冒险故事，七个孩子加上一群海盗。这会让我们产生怎样的期待呢？会不会是一个彼得·潘和胡克船长式的童话？亲爱的读者，事实不仅如此，实际上《牙买加飓风》不仅是一个《彼得·潘》式的童话，更是一个风格迥异的传奇。

《牙买加飓风》最早出版于一九二九年，其时已是"一战"之后，现代造船业已经颇为发达，英国尤其走在世界前列。在各国海军坚船利炮的巡逻之下，海盗早已销声匿迹。然而，仿佛是为了缅怀那个属于"加勒比海盗"的时代，作者把故事安排在了一八六〇年前后，讲述了孩子们与一艘苦苦支撑着不肯退出历史的海盗船的故事。

故事以牙买加为开端，作为日不落帝国的英国，其殖民地遍布全球，牙买加便是其中之一。于是，一个名叫巴斯·桑顿的英国人带着家人到牙买加谋生。生活是清贫的，可是也有很多在"文明国度"享受不到的自由。尤其是孩子们，在这片"蛮荒之地"上自得其乐。五个孩子成长在快乐而无忧无虑的环境中，他们喜欢游泳、爬树和捕捉小动物，他们也喜欢光着身子玩耍，因为那样会令他们感到舒适和愉快。同时，他们还在不断地思索：喜爱幻想或许并不是件令人厌恶的事情，相反，幻想会带来一种奇异的感觉，就好像擦破肌肤去寻找自己究竟在哪里似的那种感觉。

一次，巴斯·桑顿家的孩子们到费尔南德家与他们的孩子同住，在这次做客中，孩子们亲历了小说中的两场灾难之一——地震。面对着这样的情节，理查德·休斯将其超凡的天赋表现得淋漓尽致，他并未表露任何感性的认知，而是一直在以孩子们的视角来叙述他们对地震的反应——艾米莉一边跳舞，一边学狗叫；约翰在潮湿的沙滩上翻着跟头，然后在海里游泳，兴奋得好似要游往古巴一般……

这些以成人视角看来可谓疯狂的行为，贯穿小说的始终，不得不令读者思考：以传统的是非判断思维来看待孩子们的内心世界是否正确？

不久之后，在第二场灾难——飓风——来临前的晚餐时，一只野猫闯到巴斯·桑顿家，抓住并掐死了塔比——孩子们心爱的小猫。这件事深深地触动了艾米莉，比起所遇到的任何人的离去，她为塔比之死所感到的悲痛要更为强烈。此后，艾米莉每每想到"死亡"，塔比就会出现在她的脑海之中。

一场不期而至的飓风改变了一切。虽然全家得以躲过灾难，但桑顿夫妇意识到了潜在的危险，他们决定送孩子们回国避难。身无长物的桑顿夫妇，买不起昂贵的客轮票。于是孩子们被托付给一艘运货的旧式帆船，他们与费尔南德家的两个孩子一起开始了漫长的航程。

航程开始后不久，孩子们乘坐的轮船就遭遇海盗——一群冒失的家伙，他们将七个孩子带回自己的船上。误打误撞来到船上的孩子们，很快便适应了新的环境，而从来不曾照顾过孩子的海盗们倒有些手足无措。天真的孩子们不知道害怕，反而把船当成了探险的好去处，他们玩得不亦乐乎，海盗们却被搞得焦头烂额。

然而，约翰在孩子们中间突然消失——悲剧在毫无征兆的情况下骤然发生了。而孩子们对此的反应——继续在甲板上做着游戏，再未有人提起约翰——更加值得深思。理查德·休斯将隐秘的儿童心理以幽默、富于诗意的形式呈现出来，在孩子们和成人之间，架起了一座跨越心理深渊的桥梁。

对于海盗，作者也同样一反常规，他没有把海盗描写成那种嗜血成性的暴徒，反而赋予了他们浓厚的人情味。事实上，琼森船长和奥托大副是举止颇为文雅的人，而他们的劫掠方式也相当"文明"。为了应付海军盘查，船上连大炮都没有装，仅有的几支枪也只是为了起到"震慑"的作用。不得发生流血事件——这是他们的准则。

与詹姆斯·巴里的《彼得·潘》相比，《牙买加飓风》的精彩之处还在于它描写了许多更为现实而非虚幻中的危险。例如，艾米莉的感情渐渐变得丰富，她隐隐约约地喜欢上了琼森船长；而船长心底同样有一根柔软的弦，也被这个可爱的女孩触动了；醉酒的琼森对艾米莉产生非分之想，艾米莉咬伤琼森的手指，使这一切转瞬结束，而后琼森又对自己的行为深感困惑；费尔南德家的玛格丽特也对海盗们满怀爱慕之意……

与此同时，理查德·休斯将其洞察儿童心理的惊人禀赋聚焦于孩子们的内心世界，呈现出了一个介于孩童的幻想与成人的理性之间的隐秘空间——艾米莉自问我究竟是谁？为何被造成这个模样？那么多年份，为何自己偏偏生在这一年？这一切究竟由谁来决定……

后来，孩子们在半途被海盗送上一艘开往英国的客轮，他们安全到达英格兰，但故事并未就此结束。在随后对海盗们的审判中，艾米莉以谎言使琼森被判了绞刑。这个结局会令人联想到一幅常见于英国乡村酒吧和庄园别墅的版画：由近处看去，是两个纯真的孩子背光站在拱形窗下的露台上，但当你退后几步再看过去时，就变成了一个下面衬着十字架的骷髅。理查德·休斯的《牙买加飓风》正是以另一种形式将这幅画展现给了大家。

一九九九年，美国现代图书馆评选出了"二十世纪百部最佳小说"，排在评选结果第七十一名的就是理查德·休斯的《牙买加飓风》。《洛杉矶时报》对此评论说："这部宏大的儿童幻想曲以敏锐的洞察力透视孩子们的内心世界……就文学价值而言，堪与威廉·戈尔丁的《蝇王》、詹姆斯·巴里的《彼得·潘》，以及C.S.刘易斯的《纳尼亚传奇》相媲美。"

正如美国著名作家、古根海姆奖和富布赖特奖得主弗朗辛·普罗斯所言，《牙买加飓风》语言华丽、极富生趣，读来就像一曲悠扬的牧歌。同时，这部睿智的作品又揭示出了人类最为隐秘的本性：忠诚与背叛、清白与邪恶、真实与欺骗。

第一章

1

解放风潮席卷了西印度群岛,所到之处,只留下残垣断壁、满目疮痍。尚存的房舍七零八落,周围一箭之地全是废墟:奴隶的窝棚被拆毁了,制糖作坊崩塌了,豪华宅邸也因为无钱修护而破败了。地震、火灾、暴雨接踵而来,杂草也开始疯长。极目望去,荒芜在迅速蔓延。

在牙买加,有一个情景让我记忆犹新。那儿有座石材建造的大宅子,叫德比山庄,帕克一家就曾住在里面。这家人原本拥有繁盛的种植园,然而随着解放风潮的爆发,他们也在劫难逃,家道开始败落。制糖作坊全被毁了,丛生的灌木取代了甘蔗和大黍草。那些干活的黑人结伴散去,人倒是自由了,可工作也没了;黑人住的窝棚被烧掉,留下的三名"忠仆"就占据了主人的房子。家族产业的继承人是两位帕克小姐,都上了年纪,从小受的教育使她们软弱无能。我脑海中常浮现这样的画面:有一次我到德比山庄去办点什么事,一路挤过齐腰的灌木,来到前门。那儿横生出一棵树来，门已经关不上了。房子的百叶窗都脱落了，四处爬满藤蔓，使光线显得更加暗淡。一个黑人老太婆身穿脏兮兮的织锦衣物，躲在乱藤杂草的阴影中向外窥探着。两位老帕克小姐总是待在床上，因为黑奴抢走了她们所有的衣裳。她们几乎没有饭吃，喝的水盛在两个裂了缝的伍斯特瓷杯①和三个椰子壳里，用银托盘端进来。那天，一位小姐恳求恶仆们借给她一条印花布裙，穿着下床走了走。她看到镶金大理石桌上因为杀鸡而留下的血和鸡毛，就使劲地擦拭了一番；她试图跟恶仆们讲讲道理，还想给那个镀金的钟上上弦——不过最后还是徒劳地踱回了床上。两个人不久就饿死了，但是在物产如此丰饶的地方不大可能饿死人，所以有人说她们是被喂了玻璃粉。传言有很多，但总之她们是死了。

此类情景总会给人留下难以磨灭的印象，远比普通的、不那么神秘的、日常的事物更深刻，但这并不是岛上现状的完整写照。即使在过渡时期，这种戏剧化的情节也不是天天发生。相比之下，距德比山庄十五英里②的封代尔庄园更具代表性。这里只剩下工头住过的房子，主屋则已完全坍塌，被杂草掩埋。剩下的房子分两层：底层是石头垒成的，养着羊，孩子们也在此玩耍；上层是木头搭建的，住人，可以沿着外置的双翼木梯爬上去。当地震来袭时，上层只倾斜了一点点，后来用大木桩顶着恢复到了原位。屋顶是木瓦结构，旱季时木瓦干缩，到处都是缝隙。雨季来临的头几天，老是要把床和家具挪来挪去，直到木板重新泡胀了为止。

我记得当时住在这里的是巴斯·桑顿一家。他们并非定居多年的"克里奥尔人"③，而是从英国来的新移民。巴斯·桑顿先生把买卖开

---

① 伍斯特瓷杯（Worcester cup），英国特产的一种精致瓷器。（本书如无特殊说明，均为译者注。）
② 1 英里约等于 1.6 公里。
③ 克里奥尔人（Creoles），出生在西印度群岛的欧洲移民后裔。

在圣安妮，每天都得骑着骡子去上班。他的长腿跨在矮小的坐骑上，显得特别滑稽；也不知他跟骡子谁更喜怒无常一些，反正"人骡斗气"经常成为街头一景。

他们家旁边就是被废弃的制糖作坊。榨糖和熬糖的作坊不能挨得太近：榨糖作坊要建在高地上，水车带动巨大的金属磙子上下滚动，把甘蔗轧碎；榨出的甘蔗汁顺着一条楔形水槽流进熬糖作坊，一个黑奴站在那里，拿草把向里面淋石灰水，好让糖汁结块，然后把结块的糖扔进熔炉上的大铜锅里。炉膛里烧的是柴草，还有"糖渣"，也就是榨干了的甘蔗。几个黑奴站在炉边，用长柄铜勺撇去锅里的浮沫。作坊里雾气缭绕，其他的黑奴环坐在四周，吃着糖或嚼着糖渣。撇在地板上的浮沫，混杂着地上的污物、虫子、老鼠，还有黑奴脚上的灰垢，慢慢流进另一个水池，那是用来酿造朗姆酒的。

不管怎么说，这都是以前的做法。我不了解现在的新工艺，甚至不知道是否发明了新工艺，毕竟我从一八六〇年之后就再没到岛上去过，这段时间可不算短了。

当然，远在一八六〇年之前，封代尔庄园里的作坊就已经毁了：大铜锅掀了个底朝天，高处的榨糖作坊里，三个大磙子胡乱地躺在地上。上面没有水，因为溪流改道了。巴斯·桑顿家的孩子们经常顺着通风口爬到机井里，那儿堆满了枯叶和轮轴的残片。一天，他们在那里发现了一个野猫窝，而母猫恰好不在。猫崽儿都很小，艾米莉想用围裙把它们兜回家，但它们拼命地撕抓，扯破了她的薄外衣。大部分猫崽儿逃跑了，但艾米莉还是保住了一只，这让她既高兴又骄傲。这只取名汤姆的小猫慢慢长大，却一直没有被真正驯服过。它让一只名叫凯蒂·克兰布鲁克的老家猫受孕，生了几窝小猫，但只有一只活了下来。这只小猫叫塔比，后来成了一只传奇猫，而它的父亲汤姆却返回了丛林。塔比与汤姆不同，它很忠心，游泳也很棒。它喜欢戏水，常跟着孩子们在水池里扑腾玩耍，兴奋得喵喵直叫。它爱玩一种危险的游戏——捉蛇，响尾蛇和黑蛇在它看来都跟老鼠似的。它会从树上或别的什么地方猛扑上去，不把蛇斗死绝不善罢甘休。有一次它被咬了，孩子们伤心得哭起来，不忍看它痛苦地垂死挣扎；可它钻到灌木丛里，不知道吃了点什么，几天后又雄赳赳地回来了，似乎随时准备着下一场龙虎斗。

艾米莉的哥哥叫约翰，有一副红脸膛。约翰的屋里闹鼠灾，他经常用老鼠夹子捕到几只，把它们交给塔比处置。有一天晚上塔比很不耐烦，只见它连老鼠带夹子一块拖出去，怒吼着甩到石头上，砸得火星直迸。又过了几天，它才心满意足地回来，可是约翰的老鼠夹子再也找不到了。

除了老鼠外，约翰屋里还有成群的蝙蝠出没。巴斯·桑顿先生耍得一手好鞭子，曾经巧妙地打中一只蝙蝠的翅膀，把它击落下来。可是在这小小斗室之中，鞭子噼啪作响，蝙蝠吱吱尖叫，半夜三更听来，真让人毛骨悚然。

对孩子们来说，这里是玩耍的天堂。大人们可不会这么想，毕竟他们来自英格兰，一个生活文明而有序的地方。住在岛上，人的意识必须超前一点，或者落后一点，随便你怎么说吧。举例来说，这里男孩和女孩一律平等对待。因为留长发不便于林中探险，而且还招虱子，所以艾米莉和蕾切尔都剪了短发。她们可以像男孩子一样，爬树、下河、捕兽、捉鸟，甚至连衣裙上也缝了两个口袋。

孩子们待在水池边的时间比在家里的时间还要多些。每年雨季结束时，人们会筑坝蓄水以备旱季使用，这就成了孩子们的大泳池。四周全是树木：高大的木棉，挤在木棉缝隙里的咖啡树、洋苏木，还有红红绿绿的胡椒树。这些树遮天蔽日，把水池完全罩在树荫中。艾米莉和约翰会在树上做绳套捉鸟，这是跟跛脚山姆学的：折一根柔韧的枝条，在一头系上细绳，另一头削尖以便串水果作为诱饵。把尖的这头磨得扁一点儿，在扁平处钻个小孔，并削一个正好能塞进小孔的木栓。在细绳末端打个活结，把枝条弯成弓状，并把活结从小孔中穿过来，用木栓塞住。然后串上果饵，把弓挂在树枝间。鸟儿要啄食果饵，就得停在木栓上，可是往上一停，木栓就会掉出来，然后弓"啪"地弹开，活结收紧，一下子就把鸟腿绑住了。这时，孩子们就会兴冲冲地从水里爬上来，像一群抢食的猴子般扑向猎物。他们用"剪刀、石头、布"之类的游戏来决定如何处置这只鸟，是折断它的脖子还是放它飞走。无论对人对鸟，这样一来刺激和悬念都会留得更久些。

艾米莉喜欢异想天开，她突然冒出了改良黑人的念头。当然，他们已经是基督徒了，所以思想上没有什么好改良的；物质方面来说，他们也不缺吃穿。但在知识上，这些黑人都无知得可怜。艾米莉经过百般争取之后，他们总算同意让她教小吉姆认字，可惜收效甚微。

艾米莉还有一个爱好，就是捉壁虎，而且要完整的。因为壁虎受惊时会断尾逃脱，所以要把一只完整的壁虎捉到火柴盒里，没有非凡的耐心是不行的。还有绿色的草蜥蜴，捉它们也是个精细活儿。艾米莉坐在那里，像厄耳甫斯[①]一样吹着口哨，直到草蜥蜴从地缝里钻出来，气咻咻地吐着信子。这时，艾米莉就会拿一根草，非常小心地把它套住。她的房间里养满了宠物，活的死的都有。当然，她还有些看不见的朋友，比如驯良的小仙女，还有一位圣贤先知。先知是一只尾巴有弹性的白老鼠，孩子们的争端总是由他[②]来解决。他的地位至高无上，蕾切尔、爱德华和劳拉（他们是桑顿家年纪最小的三个孩子，

[①] 厄耳甫斯（Orpheus），希腊神话中的善歌者。
[②] 本书许多描写出自儿童的视角，因此对动物的指代翻译时会出现使用"他"或"她"，而不用"它"的情况，特此说明。

被昵称为"小家伙")对他诚惶诚恐。至于艾米莉，因为先知要靠她来传达指令，所以总会给她一些特权，而对比艾米莉还要大些的约翰，先知很明智地不去惹他。

先知是无处不在的，而仙女的住处比较固定，她们待在一个小山洞里，由两名剑客保护着。

水池里最好玩的就是那段有树杈的大木头了。约翰经常跨在上面，由其他的孩子推着两根树杈往前游。小家伙们只敢在水浅的地方扑腾两下，而约翰和艾米莉会跳水。约翰采用的是标准姿势，也就是头朝下跳进水里；艾米莉却是头上脚下，直着身子往下跳。不过，艾米莉跳水时站的树枝要比约翰高。

等艾米莉到了八岁，桑顿太太就不让她裸着身子游泳了。唯一能拿来做泳装的是一件旧棉布睡衣，但艾米莉跳水时会把它脱掉，因为有一次睡衣袍子鼓满了风，把她拽得大头朝下，入水后又缚手缚脚，差点没把她淹死。此后她就把体面抛在了一边——总不能为了体面搭上性命吧，至少看上去不值。

这个水池确实淹死过人。那是个黑人，肚子里塞满了偷来的杧果。可能是为自己的偷窃而愧疚吧，再加上擅自闯进了黑人禁入的水池，于是他就以一死谢二罪了。这个人不会游泳，当时身边只有一个小孩，就是小吉姆。水冷加上吃杧果过量引起的腹胀，他一下子中了风。小吉姆拿棍子捅了他几下，就吓得六神无主，跑掉了。死因到底是中风还是溺水，还需要解剖检查。医生来封代尔庄园待了几天后，得出结论是溺水；不过他确实吃了太多生杧果，都溢到喉咙口了。

溺水事件带来的一大好处，就是黑人再也不来水池凑热闹了。他们害怕"恶鬼"索命。只要一有黑人走近，约翰和艾米莉就会假装被恶鬼抓住，在水里挣扎，然后黑人就会吓得面如土色，溜之大吉。在封代尔庄园，只有一个黑人见过恶鬼，不过这就足以吓住其他人了。

恶鬼很好辨认，他们的头扭向背后，手里还拿着抓人用的铁链。要注意千万不能当面说出"恶鬼"二字，否则他们就会魔力倍增。当时那个见到恶鬼的黑人忘了这一点，脱口喊了一声："恶鬼！"结果，他后来得了严重的风湿病。

孩子们的故事大多是从跛脚山姆那里听来的。他整天坐在晒干辣椒的石台上，从自己的脚趾里挖蛆虫。起初，这一幕让孩子们又恶心又害怕，但山姆自己倒是挺惬意。后来，孩子们的皮肤也生了虫，还在里头产了卵，他们发现其实也没什么可怕的。约翰觉得磨蹭这些生虫的部位还蛮舒服的。山姆给他们讲阿南西的故事，像阿南西和老虎啦，阿南西照看鳄鱼宝宝啦，好多好多。山姆的一首小诗会令他们印象格外深刻：

哎呀呀，好山姆，
会跳各种黑人舞；
一会儿肖蒂什，一会儿里尔舞，
跳啊跳不停，脚底磨断骨。

这可能就是山姆跛脚的原因吧。他过去"交际"颇广，据说有很多孩子。

2

小河注入水池前要流经一片丛林，那可是个冒险的好去处。不过孩子们并没有往里走太远。他们在这儿找小龙虾，几乎把每块石头都翻了过来。约翰还会拿猎枪来打蜂鸟。当然，勇士是不会把这种纤弱的小鸟当成猎物的，约翰只是在枪筒里装上水，瞄准它们的翅膀打着玩。沿着小溪往上走几码[①]，有一棵鸡蛋花树，开满灿烂的繁花，没什么叶子；成群的蜂鸟嘤嘤嗡嗡，绕树而鸣，比花朵更耀眼。这是多么奇妙的生灵啊，作家们挖空心思去描绘它们的迷人之处，可是又有什么词汇能够胜任呢？

蜂鸟把它们小巧的巢筑在嫩枝梢头，那里毒蛇爬不上去。它们舐犊心切，即使冒着被抓的危险，也不会弃卵而逃。不过它们这么纤巧，孩子们都不忍心去抓。他们只是屏住呼吸，瞪大眼睛看着——这些可爱的生物把他们折服了。

---

① 1 码约为 0.91 米。

可能是因为这个景观太引人入胜了吧,孩子们往往就停在这里,不再向丛林深处进发。只有艾米莉进去过一次,就在她心情特别差的那天。

那天其实是艾米莉的十岁生日,他们整个上午都泡在水池里。水面暗暗的,看上去像毛玻璃。约翰光着屁股坐在岸边,正在用柳条做那个捕鸟的套子。小家伙们在浅水中打滚嬉闹。艾米莉想凉快凉快,就坐到没脖子的水里。成百上千的小鱼围着她游来游去,米粒大的嘴巴好奇地啄着她的全身,温柔得就像不留痕迹的轻吻。

可是艾米莉最近特别讨厌有人碰她,即使这种小鱼的轻吻也让她难以忍受。最后她烦躁不堪地爬上岸,穿上了衣服。看了看蕾切尔和劳拉——太小了,不能陪她走多远;而男孩们呢,她现在最讨厌的就是身边有一个男孩跟着。所以艾米莉悄悄地从约翰背后走过,还莫名其妙地狠狠瞪了他一眼,然后就独自消失在丛林深处了。

她走得很快,都没顾上看风景,不知不觉就沿着河岸前进了三英里。她还从来没有独自离家这么远过呢。突然,艾米莉兴奋地倒吸一口气——她发现了一片开阔地带,那是小河的源头!只见郁郁葱葱的一丛翠竹,下有清泉汩汩,分作三股涌流而出。真是惊人的发现啊,而且是她一个人的发现!艾米莉立刻祷告起来,感谢上帝送给她如此完美的生日礼物。这个礼物来得太及时了,因为她当时正觉得事事不顺心。祷告完毕,艾米莉拨开泉水边的蕨菜和水芹,把整个胳膊都伸到泉眼中去一试深浅。

猛然间,她听到哗啦一声,回头一看,七八个来打水的黑人孩子正满脸惊诧地望着她。艾米莉毫不客气地回瞪他们。那几个孩子大吃一惊,扔下水瓢,兔子似的落荒而逃。艾米莉不失矜持地尾随着他们,穿过这片开阔地带。路越走越窄,最后变成羊肠小道,通向一个村庄。

村庄又脏又乱，叫嚷之声此起彼伏。高大的树木之间散布着破屋茅舍，左一处右一处的，毫无秩序可言。没有畜栏，只有一两头瘦骨嶙峋、皮毛生满疥癣的家畜，要么圈养在屋里，要么放养在屋外。村子中央也不知是个沼泽，还是个泥塘，里面人与鸭同池而戏：半裸的成年黑人、光屁股的黑人小孩，还有几个棕色皮肤的人，扑腾得泥水四溅。

艾米莉盯着他们，他们也发现了艾米莉。她试着走近几步，结果把那些人吓得爬上岸，飞也似的逃回了各自的茅屋。艾米莉觉察到无数双眼睛在透过各种缝隙看着她，这使她对自己的震慑力甚感满意，于是就大胆地走进了村子。最后她总算找到了一个能说英语的老黑人："介系（这是）至由（自由）山，系（是）俺们黑人的地方。俺们原来系（是）奴隶，改放（解放）时大老远逃到介（这）来。在介（这）出生的小一辈儿没见过白客（白人）……"原来，这里是当年逃亡黑奴的避难所，他们一直住在这里，并繁衍子嗣。

艾米莉真是喜出望外。几个大胆的孩子悄悄走过来，恭恭敬敬地送给她一把野花——其实是为了更仔细地看看她白色的脸孔。艾米莉简直飘飘然了，最后，她以无比尊贵的姿态挥手告别村民，踏上了回家的路。家里有亲人们在等着她，还有一个插着十根蜡烛的大蛋糕。蛋糕边缘用奶油做成一圈舌瓣花，里面还藏着一枚六便士的硬币。不用说，有硬币的那块蛋糕肯定会放进小寿星的盘子里。

3

　　这就是住在牙买加的英国移民家庭的典型生活。当然,他们大多住上几年就回国了。而克里奥尔人则不同,他们虽然是从欧洲迁来,但在西印度群岛几代定居后,已经形成了自己的民族特色。他们抛弃了一些欧洲的传统理念,以新的思维方式取而代之。

　　与巴斯·桑顿家交往的,就有这么一户克里奥尔人,姓费尔南德,住在封代尔庄园东面的一处老宅子里。他们邀请约翰和艾米莉去住上几天,但桑顿太太不太乐意,因为她怕他们俩会学坏。那家的孩子野得很,经常像黑人那样光着脚丫疯跑。要知道在牙买加这样的地方,白人可得维护好自己体面的形象。他们家虽然有个家庭女教师,但是血统并不纯正,而且还拿发刷狠狠地打孩子。不过费尔南德家周围的环境不错,而且桑顿太太觉得孩子们总得跟别人家的孩子交往一下吧,于是就让他们去了。

　　艾米莉过完生日的第二天下午,就跟约翰坐上马车出发了。一路上,胖胖的约翰和瘦瘦的艾米莉都激动得说不出话来,这可是他们第一次出门做客。马车在坑坑洼洼的路上颠簸了几个小时,总算接近了埃克塞特庄园。天色已晚,太阳马上就要落山了。在牙买加这样的赤道国度,太阳落山是很快的。那天的夕阳有点异乎寻常,看上去又大又红,似乎预示着什么不同寻常的事情将要发生。

马车驶上了通往庄园的小路,沿途的景象真是漂亮:两边是绵延几百码的海滨葡萄,结满了一串串果实,看上去既像醋栗,又像金苹果。空地上有些烧焦的树桩,旁边又重新种上了咖啡树。新树已经结了红果,但看上去有些疏于照管。不一会儿,他们就看见了一扇巨大的石门,这是在殖民地常见的一种哥特式建筑。不过他们必须绕过去,因为这扇门特别沉重,已经多年没打开过了。庄园从来没修过围墙,所以绕过去也很容易,直接从门旁边通过就行了。

过了几道门之后,来到一条林荫道,两旁都是高大的甘蓝棕榈。这种树真是太壮观了,那些常见的山毛榉啊、栗子树啊,全都相形见绌。只见一棵棵树拔地而起,光树干就有几十米高,而且笔直光滑,没有枝枝杈杈。上头的树冠伸展开来,宽大的叶片重重叠叠,异常华美,这简直就是天宫门前的两排玉柱啊。相比之下,林荫道尽头的那所大房子,就像鼠笼一般渺小了。

就在马车走上林荫道的时候,夕阳倏地沉了下去,地面腾起一片暮色,却又马上被月光照亮了。突然,一头瞎眼的老白驴挡住了去路,怎么嘘它都不走,车夫只好下去把它推到一边。热带的空气里弥漫着惯常的喧嚣:蚊子的嗡嗡声、知了的聒噪声、青蛙的呱呱声,简直就像个合唱团。这种喧嚣是最持久的:酷热也有减弱的时候,叮人的虫子偶尔也会消停,可这合唱团似乎永远不知疲倦,日日夜夜、没完没了地唱着单调的歌。下面的山谷里,萤火虫随着夜色的降临活跃起来,它们如同接到了醒来的信号,一群接一群地扑向谷口。近处的山中传来了凤头鹦鹉的奏鸣——听上去就像醉汉在大笑,还伴着钢管互相撞击以及生锈的钢锯磨来磨去的声音。再没有比这更可怕的噪声了,可是艾米莉和约翰听了,还觉得挺好玩。噪声之中夹杂着一个黑人祈祷的声音,很快他们就来到了这个黑人面前:在一棵橘子树上,金色的累累硕果反射着淡淡的月光,四周环绕着成群的萤火虫;一位醉醺醺的老黑人信徒坐在树杈间,正虔诚而痴迷地向上帝高声倾诉。

他们不知怎么就进了屋,然后又很快被打发去睡觉了。艾米莉匆忙之间都没来得及洗漱,不过她延长了睡前祷告作为弥补。艾米莉虔诚地把手按在眼睛上,尽管这会让她觉得头晕,但她还是使劲按着,直到眼前冒出了金星。艾米莉在祷告过程中就睡着了,我想她是迷迷糊糊爬上床的。

第二天太阳升起来,就像昨晚落山时一样,又大又圆,红彤彤的。天热得要命,给人一种不祥的预兆。艾米莉因为睡不惯新床,很早就醒了,正站在窗前看那些黑人打开鸡舍,把母鸡放出来——晚上为了防备黄鼠狼,鸡都得关起来。每出来一只睡眼惺忪的母鸡,黑人就摸摸它的肚子看有没有蛋,要是有,就把它重新关回去,免得把蛋下在灌木丛里。天已经热得像蒸笼了。另一个黑人在吆五喝六地给奶牛套木枷,免得挤奶时它坐倒在地。可怜的奶牛热得难受,高温使它乳房胀痛,里面的牛奶感觉都发烫了。艾米莉只是在背阴处的窗前站了一会儿,就热得大汗淋漓,好像刚跑完长跑似的。土地因干旱而裂开了。

艾米莉住的是玛格丽特·费尔南德的房间。玛格丽特也醒了,她悄悄下床,走到艾米莉身边。她有一张苍白的脸,还没说话,先把短小的鼻子皱了起来。

"早上好啊。"艾米莉礼貌地问候。

"闻起来像是要地震。"玛格丽特边说边穿上衣服。艾米莉想起了费尔南德家的家庭女教师拿发刷打孩子的传说。一看玛格丽特那头乱蓬蓬的长发，就明白她的发刷没派上正经用场。看来那个传说是真的。

玛格丽特动作比艾米莉快得多，不一会儿就收拾停当，冲出了房间。艾米莉打扮得齐齐整整，颇为拘谨地走出来，却谁也没看见，整个房子空无一人。很快，她发现了约翰，这家伙正在树下跟一个黑人孩子聊天。看他那种即兴发挥的表情，艾米莉就知道他在夸夸其谈——当然，并不是撒谎，只是在拿他们的封代尔跟埃克塞特庄园做比较，并把封代尔吹得显赫一点。艾米莉没有喊他，因为房子太安静了，她作为客人似乎无权打破这种沉寂。于是，她走了过去，跟约翰一起四处逛逛。他们发现了一个马场，黑人们正在准备小马，而费尔南德家的孩子果真像传说的那样光着脚丫！艾米莉惊呆了。这时，一只活蹦乱跳的鸡穿过马场，不小心踩到一只毒蝎，结果就像中了枪一样，全身僵硬，立刻倒地而死。不过艾米莉吃惊倒不是因为光脚危险，而是因为光脚太不合规矩了。

"走吧，"玛格丽特叫道，"待在这儿太热了，我们去埃克塞特岩吧。"

一行人上了马。艾米莉穿了一双体面的靴子，鞋扣工工整整地绑在小腿上。他们带着吃的，还用葫芦装了水。小马显得熟门熟路，径直奔目的地而去。太阳依然又红又大，天空没有一丝云彩，就像陶器上涂的蓝釉；但在靠近地面处，悬浮着一层灰暗的尘雾。他们沿着小路向海边进发，沿途看到了昨天还在潺潺流动的那眼泉水。水流本来挺大的，现在却已经干涸。他们经过时有一小股水喷出来，接着又流了回去，地面立刻就干了。大家都热坏了，谁也懒得说话，一个个无精打采地趴在马背上，盼着早点到海边。

时近中午，火炉般的天气变得更热了，仿佛在哪里储存着一股巨大的热浪，可供随时取用似的。牛都晒蔫了，只有蹄子被地面烫得生疼时才肯挪动一下脚步；牛蝇也热得躲起来，不来骚扰了。晒太阳的蜥蜴们都逃到了阴凉处，气喘吁吁地吐着信子。周围太安静了，甚至一英里之外蚊子的嗡嗡声都听得清清楚楚。连鱼都懒得摆尾，只有他们骑的小马不得不坚持前进。孩子们不由得停了下来，心想这天气到底是怎么了。

突然间，一只苍鹭没命地窜出来，吓得孩子们魂飞魄散。苍鹭转眼就不见了，四下里重新归于寂静，不过孩子们大惊之下又出了一身汗。一行人在高温的蒸烤下越走越慢，就像蜗牛一样，最后总算挨到了海边。

埃克塞特岩是附近的消暑胜地。这儿有一处半圆形的海湾，周围环绕着一圈礁石。海岸线和陆上稀疏的草皮之间有几英尺宽的海滩，铺满了细软的白沙。几乎就在半圆的弧顶处，一大片岩床伸向水面，直达海底。这就是埃克塞特岩，岩面是凹陷的，海水从裂缝灌进来，形成了一个小小的礁湖。礁湖内水很浅，又不用担心鲨鱼来袭，所以费尔南德家的孩子把它当成了海水浴场，天天泡在里面。即使一英里外的海面掀起滔天巨浪，这个海湾也总是水平如镜，清澈见底。礁湖里就更宁静了，海风吹不到，海鸟也不来叨扰。

刚到海边时，孩子们连跳进水里的力气都没有。他们趴在海边，看着水里那些扇贝、水藻、珊瑚、洋红色的藤壶[①]，还有黄黑条纹的彩虹鱼。五彩斑斓的热带海底世界，就像精心装扮过的圣诞树一样缤纷绚丽。等孩子们爬起来时，只觉得头晕目眩、眼前发黑。于是他们迅速钻进水里，躲在岩石的阴影中，只剩口鼻露在外面。

午后一点多，海水都晒暖了。孩子们气喘吁吁地爬上岸，聚在一

[①] 一种水生甲壳类动物。

棵巴拿马蕨树下吃午饭。他们只挑合胃口的食物吃了一点，水都喝光了，还是口渴。这时，发生了一件怪事：他们坐在那儿，突然一种奇怪的响声从头顶掠过，仿佛一阵大风，但周围没有一丝微风。真是件怪事，紧接着传来尖锐的呼啸，像是火箭破空，又像是巨鸟振翅。孩子们抬头一看，上面晴空万里，什么都没有。此后，孩子们又钻回水里，海湾重新陷入了沉寂。约翰入水后觉得水面微微颤动了几下，就像在浴缸中洗澡时，轻轻敲打浴缸外壁那样。可他们这个天然大浴缸有什么外壁可敲呢，真是奇怪。

　　傍晚时分，孩子们由于长时间浸泡在水中，浑身发软，几乎站不起来了。皮肤皱巴巴的，就像咸腌肉。但他们都意识到太阳要落山了，于是就爬上岸，到拴马的棕榈树下找衣服。太阳越下沉显得越大，颜色竟然由红转紫，不一会儿就落到了西边的礁石后。海湾突然暗下来，看不清海岸线，只能看到岸上模模糊糊的景物和水里黑乎乎的倒影。

　　没有一丝风，水面却突然颤抖了几下，把那些黑影摇碎，紧接着又平静下来。孩子们屏住呼吸，等待着下一次颤抖。

　　一群鱼儿不知道在水下受到了什么惊扰，探出头来，箭一般地划过水面，撩起了道道波纹。可是短暂的骚动过后，海面再次变得阴暗、深沉、厚重，令人压抑。

　　不一会儿，他们觉得地面轻轻抖动起来，就像坐在摇滚歌厅的椅子上。然后又听到了那种怪异的呼啸，可是明亮的星空下，仍然看不到任何能发出声音的东西。

　　随后，地震就发生了。海湾的水突然开始消退，就像拔掉了浴缸的塞子，水下的沙滩和珊瑚礁都露了出来。没过多久，海水又涌回来，滚滚的波浪直扑到棕榈树下，冲掉了好几块草皮。海湾的另一头，一小片崖壁崩塌下来，落到了海里。树在瑟瑟发抖，洒落下一颗颗晶莹剔透的水珠。沉寂了一天的鸟兽们终于爆发了，到处都是惊恐的吼叫和尖啼，就连一向木讷的小马也都仰起头，发出了长声嘶鸣。

地震持续了没几分钟，说停就停了。响声戛然而止，寂静再次笼罩了大地。仿佛一场革命被迅速扑杀，王朝随即复辟。刚才发抖的树木又变得像大理石柱一样，纹丝不动。随着海里的泡沫一点点消退，星光仿佛拨云而出，渐渐浮现在水面上。周围又恢复了沉寂和黑暗，好像什么都没发生过。孩子们拿着衣服，却都忘了穿。他们一动不动地跟小马站在一起，头发和睫毛上沾着水珠，儿童特有的圆肚子上，湿漉漉地映着月光。

地震虽小，艾米莉的反应却不小。她好像脑子被震晕了，突然跳起舞来，两脚交替着蹦来蹦去。很快，约翰也受到传染，在湿乎乎的沙滩上玩起了拿大顶和侧手翻，结果一个跟头翻进水里，摔得他七荤八素，头晕眼花。

艾米莉一看约翰，马上又想到一个主意。她跨上一匹小马，在沙滩上来回飞奔，嘴里还"汪汪"地学着狗叫。费尔南德家的孩子看着他们俩的疯劲，都没吭声，也没有不以为然。约翰朝着古巴的方向游去，看那劲头就像有鲨鱼在追他似的。艾米莉也打马入水，她不停地拍着小马，让它向前游，很快就赶上了约翰。两个人一起向对岸的礁石游去，艾米莉汪汪叫着，嗓子都哑了。

足足游出一百多码，两个人都累得精疲力竭。艾米莉拨转马头往回游，约翰抱着她的腿跟在后面。兄妹俩呼哧呼哧地喘着粗气，体力耗尽了，疯劲也没了。约翰气喘吁吁地说：

"你怎么光着身子骑马？会得皮癣的。"

"我才不在乎呢。"艾米莉说。

"要是得了你肯定在乎。"约翰说道。

"我——不——在——乎！"艾米莉喊道。

好容易游回岸上,其他的孩子都穿好衣服,准备出发了。很快,一行人踏上了回家的路。玛格丽特道:"果然被我说中了。"

没人搭理她。

"我早就闻出来了。我跟你说过,对吧,艾米莉?"

吉米·费尔南德嗤之以鼻:"哈,你又闻出来了!你就知道闻来闻去!"

费尔南德家最小的孩子叫哈里,他骄傲地对约翰说:"玛格丽特的鼻子可管用了!她能用鼻子认出脏衣服来,一闻就知道是谁的!"

"才不呢,"吉米说,"她那是假装的。好像每个人的气味都不一样似的!"

"瞎说!我就是能闻出来!"

约翰道:"反正,狗是能分辨气味的。"

艾米莉一声不吭地听着。每个人的气味当然不一样,这还用说吗?她就能分辨出自己的毛巾和约翰的毛巾,而且能闻出来是否有人用过她的毛巾。不过这些克里奥尔人也真是的,居然当众谈论这么不雅的话题。

"可我确实说过要地震,然后就真的地震了。"玛格丽特说道。

艾米莉总算等到了这句话——原来,这就叫地震啊!她一直没敢问,怕人家笑话她无知,不过现在玛格丽特说了这么多,她终于明白了。

等她回了英格兰,就可以向别人炫耀了:"我经历过地震!"

想到这里,艾米莉再度兴奋起来。天下还有什么比这更刺激的呢?即使突然发现自己能飞了,艾米莉也不会比现在更振奋。老天打出了他最厉害的王牌,可小艾米莉毫发无伤!要知道可拉、大坍、亚比兰①,这些大人物都是在地震中死去的!

艾米莉觉得今后的生活都没有意义了。以后还上哪儿找这么惊险、这么崇高的经历?

玛格丽特和吉米还在争吵不休。吉米道:"至少有一点我可以肯定,明天会拣到很多鸡蛋的。没什么比地震更能刺激母鸡下蛋了!"

艾米莉更加纳闷了。克里奥尔人真是奇怪,居然还有工夫想这些闲事,难道他们没意识到自己刚刚经历了怎样的洗礼吗?他们这可是劫后余生啊!

等他们到了家,黑女仆玛莎正喋喋不休地抱怨这场神圣的灾难。她昨天刚擦过瓷器,现在却又布满了灰尘。

---

① 这三个都是《圣经·旧约》中的人物。

4

　　第二天是礼拜日。上午，艾米莉和约翰回到了自己的家。地震让艾米莉百感交集，连吃饭睡觉时都念念不忘。而让约翰念念不忘的是那些小马，他觉得地震挺有趣，不过更好玩的是骑马。艾米莉并未意识到，只有她自己对地震感慨万千。她沉浸在自己的思绪中，满脑子都是自欺欺人的幻想，根本无暇顾及别人的反应。

　　妈妈在门口迎接他们，不停地问这问那，而约翰只顾大谈那些小马。艾米莉还是不愿开口，她头脑中一下子盛了太多想法，就像一个小孩儿暴饮暴食之后，胀得连呕吐都不会了。

　　桑顿太太时常为艾米莉感到担心。他们的日子过得波澜不惊，对约翰这样有些神经质的孩子来说，这种生活再好不过了。可艾米莉不一样，她的头脑冷静，她需要某种刺激和兴奋，否则思想就会陷入沉睡。对她来说，这里的生活太单调了。桑顿太太总是用最轻快的语气跟艾米莉交谈，好让她觉得生活处处都有生趣。起初她觉得拜访埃克塞特可能会让艾米莉快活起来,不料女儿回来之后还是像往常一样面无表情,一声不吭。看来这次串门没给她留下任何印象。

约翰带着小家伙们在地窖里练兵。他们斜举着木剑,一边齐步走一边高唱:"前进,基督的精兵!"艾米莉这次没参加。她以前总是自怨自艾,因为自己身为女孩儿,永远当不成真正的战士,也得不到真正的剑。现在她不在乎了——那有什么关系?她连地震都经历过了。

约翰他们平时一练兵就是三四个小时,但这次没练多久。天还是热得要命,看来地震虽然净化了艾米莉的灵魂,却没能净化空气。动物们不知又捕捉到了什么风声,行为颇见异常。平日里满地乱窜的蜥蜴和挥之不去的蚊蝇从地震之后一直不见踪影,另一些吓人的东西却从地底钻了出来:陆地蟹挥舞着大螯爬来爬去,红蚂蚁和蟑螂也倾巢而出。鸽子们聚集在屋顶上,忐忑不安地咕咕叫着,似乎在交换什么令人担忧的消息。

地窖其实就是我们介绍过的房子底层,孩子们常在这里玩耍。这一层跟上面住人的木楼是不通的,入口就开在那段双翼木梯下面。现在孩子们就躲在木梯下的阴影里朝外张望。院子里躺着一块上好的手帕,那是桑顿先生的,肯定是早上出门时不小心弄丢了。孩子们谁也不愿顶着这么毒的日头出去捡。这时跛脚山姆一瘸一拐地走过来,发现了这件好东西,赶紧弯腰捡起来。突然,山姆像扔掉烫手的山芋一样把手帕丢下,原来,他记起今天是礼拜日。他把手帕放回原处,一边拿沙土埋上,一边满怀希望地念叨:

"主啊,我明天再来拿。伟大的主啊,保佑它明天还在这儿。"

话音刚落,天边传来一阵闷雷。

"啊,多谢我主。"山姆对着低低的云层鞠了一躬,就一瘸一拐地离开了。走着走着,他似乎对上帝的承诺起了疑心,转身回来抓起手帕,向自己的小茅屋走去。天边猛地炸响一个巨雷,仿佛上帝发怒了。可山姆财迷心窍，根本没加理会。

每次桑顿先生从圣安妮回来，约翰和艾米莉都会跑出去迎接，两个人一边一个踩在爸爸的镫上，爷儿仨一块儿骑回家。

这天傍晚，桑顿先生回来时已是雷雨交加。一串串雷声贴着头皮炸响，但约翰和艾米莉还是跑了出去。其实说"贴着头皮"还不够确切，因为热带地区不比英格兰，这儿的雷电不是远在天上，而是近在身边。闪电一会儿划开水面，一会儿掠过树枝，一会儿又劈进庭院，隆隆的雷声仿佛是在人的身体里面炸响的。

桑顿先生看见了跑出来的儿子和女儿。"回去！快回去！你们这两个小笨蛋！"他狂怒地咆哮着，"快滚回去！"

两个孩子愕然地停下脚步，这才注意到雨下得多大，他们刚出门就被浇透。闪电一道接着一道，爸爸的镫上也闪着电光，他们这才明白爸爸其实也很害怕。约翰和艾米莉掉头跑回屋里，桑顿先生紧跟着冲了进来。桑顿太太神情紧张地从里屋出来："亲爱的，你总算……"

"从没见过这么大的雨！你怎么能让他们跑出去！"

"我没想到他俩这么傻！我一直在担心你——还好你没事，感谢上帝！"

"我想，危险总算过去了。"

危险似乎暂时过去了。吃晚饭时，闪电连绵不绝，几乎织成了电网。约翰和艾米莉吃不下饭，爸爸刚才在那一瞬间凶巴巴的样子把他们吓坏了。

晚饭谁也没吃好。桑顿太太做了丈夫最喜欢的菜，可倔脾气的桑顿先生今晚偏不爱吃。吃到一半，跛脚山姆突然闯进来，连基本的礼貌都忘了，怒气冲冲地掏出那块手帕往桌上一摔，然后跺着脚掉头就走。

桑顿先生大惑不解："这是怎么……"

但约翰和艾米莉明白这是怎么回事。其实，他们私下里也觉得这雷雨是山姆惹出来的。偷东西本来就遭天谴，他还挑了个礼拜日！

可是山姆走后，闪电仍没有消停的意思。雷声还是震耳欲聋，说话都听不清楚。不过这倒无妨，反正谁也没心情聊天。一家人闷闷地坐着，只听到雷声雨声响成一片。突然，一声凄厉的尖叫划破雨幕。这骇人的叫声听起来近在咫尺，似乎就在窗下。

"是塔比！"约翰大叫。孩子们全都冲到窗前。

塔比却已经冲到了门口，后面紧紧跟着一群野猫。约翰及时把餐厅门打开，放塔比进来，只见它皮毛脏乱，跑得气喘吁吁。不知道它怎么得罪了那群野猫，它们并未打消追踪的念头，而是聚在过道里齐声怒吼。野猫的叫声似乎带有魔力，雷声也随之高涨起来。紧接着，又是一道闪电，屋子里那盏微弱昏黄的油灯顿时黯然失色，上上下下乱作一团，嘈杂中谁也听不清别人在说什么。塔比毛发倒竖，在屋里窜来窜去，眼睛在黑暗中闪着寒光，嘴里不时发出让孩子们毛骨悚然的尖叫。它看上去大难临头，仿佛听到了死神的召唤，吓得六神无主，而过道里野猫的叫声此起彼伏，透着一股地狱般的恐怖。

塔比的敌人很快找到了突破口。门外竖着一张高大的滤尘网，门上面的气窗很久以前就破了。众人正慌乱间，一个黑乎乎的东西怪叫着从气窗跳进来，正落在饭桌中央，顿时刀叉乱飞，灯也碰翻在地。野猫们一只接一只地跳进来，塔比见势不妙，早已越窗而出，逃向丛林。野猫是先爬上滤尘网，然后从气窗的破孔钻进来的，现在又一只只跟着塔比从窗户跳了出去。眨眼间，仓皇逃命的塔比和穷追不舍的野猫就消失在夜色之中。

"怎么办呀，可怜的塔比！"约翰哭了起来。艾米莉再次冲到窗前。

它们都不见了。闪电照亮了丛林里的藤蔓,看上去像一张张巨大的蜘蛛网。可是塔比和它的追捕者们早已踪影全无。

约翰好几年没哭过了,这次却泪流满面,一头扎进了妈妈怀里。艾米莉呆呆地站在窗前,惊恐地盯着窗外。她什么也看不见,却突然感到一阵害怕,怕得让她反胃。

"天哪,这是个什么日子!"桑顿先生一边发着牢骚,一边在桌上摸索,看还有没有可吃的晚饭。

突然间,山姆的茅屋冒起了火苗。他们从餐厅望出去,只见老山姆跌跌撞撞地冲进雨幕。他怒气冲冲地朝天上扔着石块。趁着雷声的间歇,他们听到他在大吼:"我还给他了!我把那该死的东西还掉了!"

一道刺眼的闪电当头劈下,山姆顿时扑倒在地。桑顿先生猛地把孩子们从窗前拽开,说了句什么,好像是:"我去看看。别让他们靠近窗户。"

说着,他把百叶窗关上,转身出去了。

约翰和小家伙们都在啜泣。艾米莉真希望有人把灯点上,她想看书,或者随便干点什么,只要能让她别去想可怜的塔比。

早些时候就起风了,等桑顿先生把老山姆的尸体搬进屋时,外面已是狂风大作。老家伙关节僵硬,似乎恢复了跛脚前的样子,可惜,老天要取他的性命就像碾死一条虫子般容易。约翰和艾米莉悄悄溜到过道里,看见老山姆僵直的肢体从爸爸胳膊上悬垂下来。这一幕把他俩吓得腿脚发软,几乎迈不开步子,不知道是怎么逃回餐厅的。

餐厅里,桑顿太太正坐在一把椅子上,英雄般地把小家伙们护在身边,带着他们唱圣歌,朗诵司各特爵士[①]的诗作。艾米莉为了不去

---

① 沃尔特·司各特(Walter Scott,1771—1832),英国著名作家、诗人,尤擅长创作历史小说。

想塔比，就在脑中仔细回味她经历的那场地震的种种细节。可是雷声轰鸣，狂风怒号，总是穿透耳鼓，钻进脑海。她多希望这场暴风雨快些结束！

艾米莉首先像放电影似的把地震回忆了一遍，一幕幕再现当时的情景。放完电影，她就开始演讲。开头是这样说的："从前，我经历了一场地震……"很快，演讲就朝着戏剧的方向发展，因为她想象出来的那些英格兰听众实在太激动了。演讲完毕，艾米莉又变成了史书作家——从客观的角度来记叙一个叫艾米莉的女孩是怎样亲历地震的……就这样，艾米莉反反复复把地震回想了三遍。

越是刻意不去想，就越是忍不住要想。艾米莉的脑子里突然蹦出塔比被野猫撕碎的画面，忍不住又是一阵反胃。现在连地震都不管用了。艾米莉狂乱地四下寻找目标来分散自己的注意力，就像溺水的人想要抓住一根救命稻草。任何事物都行，只要是外在的，只要能把她从混乱的内心世界中拯救出来。她把视线投到百叶窗上，试图用数叶片来驱走恐惧。这时，她才注意到天气变得更加恶劣了。

风力比刚才大了两倍有余。百叶窗鼓进屋里，就像有头大象重重地靠在外面。爸爸正在用那条失而复得的手帕绑窗栓。可小小一条手帕怎么能跟狂风抗衡呢？不一会儿，百叶窗砰的一下子鼓开，风卷着瓢泼大雨灌了进来。他们的房子成了大海里一条漏水的船。狂风在室内肆虐，呼啸着扯掉墙上的画，把餐具哗啦啦掀到地上。从张着大口的窗户望出去，电光闪闪，照亮了无边的夜色。那些原本像蜘蛛网似的藤蔓现在被刮到天上，就像刚洗过的头发碰到梳子那样竖了起来。灌木丛一棵棵伏倒在地，看上去像紧贴在脑后的兔子耳朵。刮断的树枝漫天飞舞。黑人们的茅屋全都不见了，他们正一个个匍匐在地，向房子这边爬过来。地上汪洋一片，硕大的雨点砸下来，激起一层白雾，那些黑人就像搁浅的海豚一样在扑腾挣扎。一个小男孩顶不住狂风的压力,突然向后滚去,他母亲大惊之下直起身来。这个身材肥胖的黑人妇女仿佛变成了断线的风筝,被风一下子刮到了几畦地之外。她先是猛地撞到一堵墙上,然后就钉在那儿不动了。其他人总算爬到了楼下,很快就听见他们进入地窖的声音。

这时,脚下的地板突然颤动起来,就像松松垮垮的地毯起了波纹。原来,黑人们在下面打开了地窖门,一时之间却关不回去,地板上下都受到风的挤压,于是就变形了。要顶着风把门关上真是很不容易,这风简直不像气流,而像迎面打来的一个铁拳头。

桑顿先生绕着房子走来走去,说是在排查险情。他突然间意识到下一个被刮走的将是屋顶,于是赶紧冲回餐厅来召集家人。桑顿太太正在给孩子们讲《湖中女神》①,几个年幼的孩子听得津津有味。桑顿先生跳着脚大吼,说半小时内大家就没命了。可谁也没在意这个消息,桑顿太太依旧绘声绘色、一字不差地讲着她的故事。

桑顿太太又讲了几段,屋顶终于飞走了。幸亏风是从下往上刮的,把屋顶完整地抛到了天上。但是仍然有一根大梁歪歪斜斜地掉下来,落在餐厅门上,差点砸到约翰。艾米莉只觉得满腔愤恨,手脚冰凉——她受够了,这场暴风雨已经超出了她能忍受的限度,这根本不是她想要的考验和洗礼!

桑顿先生四下里找东西撬地板,只要能掀开地板,他就能把妻儿平安地带到地窖里。不过根本不用他费劲,那根掉下来的大梁早把地板砸穿了。在那些黑人的接应下,小劳拉、蕾切尔、艾米莉、爱德华、约翰、桑顿太太、桑顿先生依次从破洞钻下去。地窖里本来就挤满了黑人和羊群,现在更加拥挤不堪了。

---

① 《湖中女神》(*The Lady of the Lake*),一本英格兰民间故事,讲的是基督教兴起之前人们信奉的女神。

桑顿先生真是临危不乱，下来时居然带了几瓶马德拉葡萄酒。瓶子在人群中逐一传递，从最小的劳拉到最老的黑人都抿了一点。不知为什么艾米莉传到两次，每次她都毫不客气地痛饮一口。对孩子们来说，一口酒就不少了。楼上残留的房屋正在被风一点点卷走，可是约翰、爱德华、艾米莉、蕾切尔、劳拉在酒精的作用下沉沉睡去。他们静静地躺在地窖的地板上，陷入了一个接一个的梦魇中。梦中最可怕的，就是塔比在他们眼皮底下被众野猫撕成了碎片。

第二章

1

整个晚上,大雨不断地从地板的漏洞浇下来,但是大伙儿都没事——大概是玛德拉葡萄酒的功效吧。狂风猛刮了两阵,第二阵风过后不久,雨就停了。天亮之后,桑顿先生悄悄走出地窖,想去估算一下损失。

外面的世界天翻地覆,仿佛刚被洪水席卷过。周遭的景物面目全非,让人觉得不知身在何处。在这种热带地方,地形没什么特点,要判断位置只能靠周围的植被。现在可好,方圆几英里内的树木全倒在泥浆里。地面也被瞬间流过的雨水冲得沟壑纵横,露出了深层的红土。放眼望去只看见一个活物,那是一头牛,但是两只角都没了。

二层的木楼仿佛凭空消失了。在他们进入地窖后不久,上边的墙就一面接一面地倒塌下来。家具都成了木头碎片。就连那张桃花心木的大餐桌,原本是一家人的心爱之物,他们经常给桌腿刷油来驱赶蚂蚁,现在餐桌已经不见了,地上有几块木片似乎是它的遗迹,但已经碎得没法辨认了。

桑顿先生返回地窖，把妻子扶出来：她已经被挤得浑身痉挛，走不动了。他们跪在地上祷告，感谢上帝没有让事情变得更糟。然后两个人站起身来，茫然四顾——难道这一切就是那阵风造成的吗？真让人难以置信。桑顿先生伸出手，凌空虚拍着：当空气静止的时候，它是多温和啊，就像一头驯良的小鹿；到底是什么赋予了它猛兽般的狂野力量？昨晚，他亲眼看到狂风像饿鹰一样抓起胖胖的贝琪，把她狠狠地扔到了几畦地之外！

桑顿太太明白丈夫的疑惑。她说："别忘了，一切都是神的旨意。"

畜栏被刮倒了，不过没有夷为平地。桑顿先生的骡子被压在下面奄奄一息，惨不忍睹。他只能叫一个黑人过来把骡子杀死，帮它摆脱痛苦的折磨。马车已经破烂不堪，看起来没法修复了。全山庄只有一座石屋安然无恙，那是过去种植园的医院。他们回地窖把孩子们叫醒，带到了石屋里。孩子们病恹恹的，看上去闷闷不乐。黑人们体力恢复得奇快，热心地过来帮忙收拾。石屋被枯枝败叶覆盖着，光线也照不进来，但它起码是安全的。

搬进石屋的头几天，孩子们脾气都有些暴躁，彼此看对方都不顺眼。但他们不知不觉就接受了生活的变化。毕竟是孩子，他们搞不懂什么是灾难，什么不是，分不清天灾与普通的自然现象。如果艾米莉知道这就是飓风，她无疑会感触良多，因为"飓风"这个字眼充满了骇人的浪漫色彩，但她不知道。对她来说，这只是一场暴风雨——不管多么猛烈，暴风雨毕竟是很常见的。尽管这场暴风雨的破坏力比那场地震要大得多，但在艾米莉心中它远远比不上地震的灾难等级。要知道，地震可不是天天发生的。所以，当艾米莉沉默不语、心怀惧意的时候，她并不是在回想这场风暴，而是想到了塔比之死。这是她第一次直面死亡，而且肯定是一场残忍的杀戮。至于老山姆的死，她倒没怎么介怀，毕竟，一个黑人怎能和她心爱的小猫相提并论？

栖身在医院的旧址上，倒也给孩子们提供了玩耍的便利。他们几乎天天野餐，父母也来参加了一次。这使得孩子们对父母有了新的认识——原来，他们也是正常人，也可以做出正常的举动，比如坐在地板上吃饭。

如果桑顿太太知道自己在孩子们心目中的地位，肯定会吓一跳——在孩子们看来，她其实是可有可无的。她对心理学有着浓厚的兴趣（用罗伯特·骚塞的话说，就是"胡诌的艺术"），满脑子都是教育理论，只是没时间付诸实施。她自认为对孩子们的性格了如指掌，并且认为自己是孩子们情感世界的核心。其实，她连每个孩子的喜好都搞不清楚。桑顿太太身材矮小，有些发福，我记得她老家在康沃尔郡。小时候长得特别娇弱，大人抱她时必须垫上软垫，以防她被笨拙的人的粗胳膊碰坏了。两岁半时她就能读书了，而且读的都是严肃作品。气度方面也毫不逊色，老师们都说她的举止带有皇家风范：尽管身材略嫌臃肿，却能以天使步云般的轻盈迈上马车。只是她性格非常急躁。

巴斯·桑顿先生多才多艺，唯独缺乏两样东西——长子身份[1]和谋生技能。但凡拥有一样，他就能让妻儿过上好日子。

不光做母亲的想不到，孩子自己也没有意识到，父母在他们心目中其实没占什么分量。他们没有什么量化比较的能力，只是想当然地认为自己最爱爸爸妈妈，而且对这两个人的爱一样多。但实际上，巴斯·桑顿家的孩子最爱的是塔比，其次是自己兄弟姐妹中的某一个。他们很少注意到妈妈的存在，大概只有每周做礼拜时才会注意她一次。对爸爸的爱要稍多一点，大概是因为能踩在他的镫上回家的缘故吧。

---

[1] 按照旧时英国传统，家族财产只能由长子一人继承。

牙买加没有被飓风的浩劫打垮,它的繁衍能力生生不息,很快就焕发出新的光彩。桑顿夫妇也没有被浩劫打垮,他们含着热泪,竭尽所能地重建家园。然而想到孩子们,他俩都心有余悸。上天已经敲响了警钟,不能让孩子们冒险再留在这里了。必须把他们送走。

如果让孩子们留下,冒的不仅仅是生命的危险,还有精神上的。

夫妇俩开始商量送孩子们回国上学的事。有一次,桑顿太太说道:"那天晚上太可怕了!小家伙们肯定遭了不少罪。你想想恐惧对孩子的心灵是多大的折磨!他们表现得真勇敢,真是英格兰的孩子!"

桑顿先生反驳道:"我想他们根本没弄明白怎么回事。"不过,他这么说完全是出于爱顶撞的习惯,他并没指望桑顿太太同意。

"我真担心这场遭遇会在他们心里留下什么永久性的阴影。你没注意到他们绝口不提这场灾难吗?回到英格兰,至少可以避免这种危险。"

其实,孩子们早已随遇而安,开始自得其乐了。大多数孩子喜欢新鲜感,这就好比坐火车,换乘站越多越好玩。

重建封代尔庄园也让孩子们觉得很有趣。这种积木般的房子有一项大好处——刮倒容易,盖起来也容易。一旦开始动工,进展就很神速。桑顿先生亲自带队施工,用的全是他自己设计的机械装置。没几天就盖到屋顶了。桑顿先生把英俊的脑袋探到顶棚外,指挥着两个黑人木匠钉木瓦。那两人身穿格子衬衫,飞鹰展翅般地蹲在屋顶上,从外向内一片片钉过去。很快,木瓦就把桑顿先生的脑袋圈了起来,就像传说中关进囚笼的罪犯。他不得不把头缩回去,好让木匠把最后几片钉上。

房子竣工不到一个小时,孩子们就要告别封代尔庄园了。

听说要回英格兰，孩子们只是把它当作一个孤立事件来接受。这事儿本身挺让人兴奋的，但似乎又没什么特殊的原因，因为这不太可能和塔比的死有关，最近也没什么重要的事发生。

送行的队伍终于出发了。一家人首先要走陆路到蒙特哥湾。这段路平淡无奇，不过借来的马车挺新鲜，拉车的既不是两匹马，也不是两头骡子，而是一骡一马。马想快跑，骡子却在车辕间昏昏欲睡；车夫一鞭子抽过去，骡子就撒开四蹄猛跑一阵，气得马直喷鼻息。幸亏如此，要不然这段路还不知要走多久呢，因为前几天的大雨把道路都冲毁了。

只有约翰对英格兰有些印象。他记得一段楼梯，上去之后有个小门，他就坐在门后面，推着一辆红色的玩具车。不用扭头他就知道，左边那个房间里睡着还是婴儿的艾米莉，躺在她的小摇篮里。艾米莉自称也记得一些事情，不过听上去子虚乌有，可能是她瞎编的。其他几个孩子都生在岛上，爱德华是第一个。

尽管如此，孩子们对英格兰还是有不少了解，有的是从父母那儿听来的，有的是从书籍和旧杂志上看来的。毫无疑问，英格兰就像亚特兰蒂斯①，是北风能吹到的最远国度。前往英格兰，就像走在通往天堂的路上。

一路上，约翰把那点关于楼梯的记忆讲了不下一百遍，其他人满怀敬畏地听着，就像在听一个人讲自己投胎转世的经历。

突然，艾米莉记起来她曾经坐在窗口，看到一只长着漂亮尾巴的鸟。伴着这个画面的还有一声可怕的尖叫，要不然就是别的什么让人不舒服的东西——她记不得到底是哪种感觉受到了冒犯。不过那只漂亮的鸟不可能发出那种尖叫，所以她也搞不清到底是什么。最后艾米

---

① 亚特兰蒂斯（Atlantis），柏拉图构思的理想国度，据称是大西洋中的一个岛屿，后来沉没了。

莉决定不跟他们讲这件事了。这时正好听到车夫在骂骡子睡觉，于是她转而思考：怎么才能边走边睡呢？

第一天，他们只走到圣安妮，晚上就在那儿过夜。在留宿的那户人家，孩子们又见识了一件新鲜事：这家主人是一个彻底本土化的克里奥尔人，晚饭时见他用勺子舀辣椒粉吃。这可不是商店里卖的那种掺了洋红染料的辣椒粉，这是纯的，辣得人流眼泪。真是了不起，孩子们对这件事印象非常深刻。

一家人继续驱车前进，沿途荒无人烟。热带景象本来就单调乏味，像一幅尽情铺洒却没有留白的画。到处都是粗壮茂盛的绿树，密不透风地挤在一起，毫无轮廓可言。在牙买加，连绵的群山都是密密匝匝的，爬上山顶向四下看，周围除了山还是山。这儿终年盛开着上百种鲜花。那么可以想象在那场暴风雨中，所有的繁花都饱受摧残，早已零落成泥碾作尘；不料几天之后，又是红红火火鲜花铺满了路！一路行来，大家满眼都是这种过于丰茂的景色，所以当大海浮出地平线时，桑顿先生和太太都如释重负地舒了一口气，真想大喊几声，喊出连日来胸中的抑郁。最后，他们终于来到了美丽的蒙特哥湾。

外海掀涌着不小的浪头，但海湾围着一圈珊瑚礁，开口很小，所以没受到风浪影响。湾中停靠着三艘大小不等的船只。波平如镜，船的倒影清晰地映在水中。在船只的碇泊区分布着几个小岛，叫作博格列岛。岛的左边有几座山，一条小河从山脚的洼地汇入海湾。那块洼地泥泞湿软，据说还有鳄鱼出没（这是桑顿先生对约翰说的）。孩子们从没见过鳄鱼，真希望能有一条爬到他们目前落脚的小镇上，好让他们开开眼。可是一条也没来。得知要上船时，孩子们可失望了，他们还指望着能在街上哪个角落碰见鳄鱼呢。

他们要搭乘的三桅帆船叫"克罗琳达号",下锚深度六英寻[1]。水面又清又亮,他们走近时发现船的倒影突然不见了,只剩下自己的影子清清楚楚地映在船的下方。光线的折射使他们只能看见船体在水上的部分,这样看起来克罗琳达号扁扁的,像只乌龟。缆索和铁锚折射到水面上,仿佛是平伸出去的,就像一个向水下放的风筝,随着海水的荡漾,在珊瑚丛中随波逐流。

这就是登船给艾米莉留下的唯一印象。对她来说,船本身就够新鲜的,足以占据她全部注意力了。

只有约翰还记得离开英格兰时的旅程。艾米莉认为自己也应该记得,但她只能记起别人告诉她的那些东西。她通过别人描述,在脑海中描绘出自己的印象。现在她发现,真正的船跟她脑海中的印象一点都不一样。

临行前船长突然传令拉紧桅索。水手们一边吱嘎吱嘎地转动绞盘,一边抱怨说这样好像太紧了吧。约翰一点都不羡慕这些顶着烈日出大力的家伙,他羡慕的是旁边那个人——只见他把手伸到一大桶斯德哥尔摩柏油中,蘸些油抹到滑轮上。香喷喷的柏油涂满了那人的胳膊肘,感觉肯定很舒服。约翰看得心里痒痒的,真想自己也试一试。

一上船,孩子们就四下乱跑,这儿闻闻,那儿嗅嗅,就像一群刚搬进新家的小猫,兴奋得喵喵叫。桑顿先生和太太站在扶梯口,看上去有点惆怅:孩子们居然玩得那么开心,他们本来想上演一场挥泪话别呢。

桑顿太太道:"弗雷德里克[2],看来他们在船上会很快活的。我本来希望咱们能买得起汽轮的票——不过孩子们还真能苦中作乐。"

---

[1] 英寻(fathom)是测量水深的单位。1英寻等于6英尺,约1.8米。
[2] 桑顿先生的名字。

桑顿先生不以为然地嘟哝了几句。

突然，他的怒火爆发了："根本就不该发明学校这种东西！现在上学居然成了义务！"

因为逻辑上的不连贯，他停顿了一下，接着又吼道："我知道结果是什么。他们会离开我们……一群傻瓜！他们会变成一群平庸的小傻瓜，就像别人家的小崽子一样！我宁可再来一百场飓风，也不愿意看到这种结局，除非我疯了！"

桑顿太太被他吓得不轻，不过她还是勇敢地反驳道："你不觉得孩子们有些过于依赖我们了吗？他们的生活和思想总是围着我们打转。绝对依赖某个人是不利于孩子身心发育的。"

这时，船舱盖掀开，满头灰发的马波尔船长探出身来。他一看就是个航海老手：一双清澈的蓝眼睛，给人的感觉诚实可信；脸色黝黑，肤如粗革；嗓音隆隆的，低沉而有力。

"这么标准的船长形象，不会是假的吧？"桑顿太太小声嘀咕道。

"胡说！什么人就得长什么样，你那些想法纯属无稽之谈！"桑顿先生斥道。他心里也感到七上八下。

马波尔船长看上去确实是孩子们的理想船长。桑顿太太觉得，他肯定很细心，而且不会大惊小怪。如果孩子们玩一些大胆的运动项目，她本人是不反对的，只要不当着她的面就行。现在马波尔船长正和蔼地看着满船乱跑的小淘气们。

桑顿太太对丈夫耳语道："孩子们会爱戴他的。"当然，她的意思是说，船长会"爱待"孩子们的。这一点对于船长和校长同样重要。

"这就是我要照管的孩子们，对吗？"船长一边说，一边用力握住了桑顿太太的手。她努力地想回答，可是舌头怎么都不听使唤。就连妙语连珠的桑顿先生也变成了哑巴，他盯着船长，大拇指冲孩子们一扬，搜肠刮肚地打着腹稿，最后却只憋出了几个字："不听话就揍。"

话说得有气无力，一听就不是发自内心的。

船长去巡查了。接下来的一个小时里，当父母的就闷闷不乐地坐在主舱盖上，孩子们把他俩给忘了。船马上就要开了，可他们俩没法把孩子们召集起来说声再见。

拖船已在鸣笛催促，桑顿先生和太太必须马上离开了。临走之前，他们逮到了约翰和艾米莉。两个孩子像面对陌生人一样，简短地回答着父母的问话——他们的心思都在那些新游戏上呢。约翰面前晃荡着一根绳子，他正打算爬上去，心里嘀咕着父母怎么还不走，所以谈话很快陷入了沉默。

这时船长发话了："请上岸吧，太太，我们要起锚了。"

两代人之间非常正式地进行了吻别。就在父母走上舷梯的时候，艾米莉脑中突然电光一闪。她猛地冲向母亲，死死抱住她丰满的身体，抽抽搭搭地哭了起来："你也来，妈妈，你也一起来！"

直到此刻，艾米莉才明白他们要跟父母分别了。

桑顿太太努力让自己勇敢起来："想想这是多么精彩的冒险吧，要是我跟着就不算冒险了！你要照顾好小家伙们，要把自己当成大人！"

"我不再需要冒险了！"艾米莉哭道，"我都遇到过一次地震了！"

情感一旦爆发，就变得不可收拾，最后他们都不知道是怎么分开的。桑顿太太只记得下一幕：船借着陆上吹来的风扬帆起航，风平息时船也跟着停了一下，接着又重新鼓起帆，渐行渐远。直到帆船变成一个小黑点消失在茫茫大海中，她还在不停地挥手，胳膊累酸了都没发觉。

当时站在船栏边的，还有玛格丽特·费尔南德，她跟她的小弟弟哈里也要乘这艘船去英国。他们的家人没来送行，而是派那个棕色皮肤的保姆跟着一起去。保姆一上来就钻进了船舱，也不怕起锚后会晕船。玛格丽特苍白的脸朝着岸上，下巴有节奏地抖动着。巴斯·桑顿先生真英俊啊，一看就是位英国绅士，可惜人人都知道他没钱。港口慢慢地退出她的视线，先是岸上杂乱的景物看不见了，接着一座座山头也从天际沉了下去。那些零星分布的白房子，从制糖作坊里喷出来的水汽和烟雾，全都消失了。最后，陆地变成了一串暗淡的葡萄花，镶嵌在蓝天碧海做成的大镜子里。

不知道桑顿家的孩子们将会成为好旅伴，还是会给她添麻烦。真可惜，他们都比她小。

2

　　一家人在同样深切的感受下难免会彼此同情,这是亲人之间(而非爱人之间)特有的情感。在返回封代尔庄园的路上,桑顿先生和太太都沉默不语,他们不想流露出自己的内心世界,以免招致对方的同情。他们能够克服亲人暂别的伤感,不会看到柜子里的小鞋就泣不成声,可是他们没法克服为人父母的天性——在这一点上,桑顿先生并不比妻子坚强。

　　快到家时,桑顿太太突然笑了起来:

　　"傻丫头艾米莉!你注意到她后来说了句什么话吗?她说:'我都遇到过一次地震了。'她那个傻乎乎的小脑瓜肯定把'地震'和'耳痛'弄混了。[①]"

　　沉默良久,桑顿太太又道:"还是约翰感情最丰富。他一定是太难过了,一句话都不说。"

[①] 英语中"地震"和"耳痛"分别为 earthquake 和 earache,读音相近。

3

到家之后,两个人好长时间都不愿提及孩子们。不得不说时,他们就顾左右而言他,吞吞吐吐的,仿佛在谈去世的人。

几周之后,他们收到了一份特大的惊喜。原来,克罗琳达号在开曼群岛①停靠了一段时间,然后根据风向来调整航线。在此期间,艾米莉和约翰各写了一封信,托付给一艘开往金斯敦②的船。几经周折,信终于送到了封代尔庄园。两人真是喜出望外,谁都没想到孩子们会写信。

先来看看艾米莉写了些什么吧:

亲爱的爸妈:

　　这艘船上到处都是海龟。我们在这里停船,然后海龟就坐着筏子来了。现在船厅的桌子底下

---

① 开曼群岛(Cayman),拉丁美洲的一系列岛屿,位于牙买加西北,为英属殖民地。
② 金斯敦(Kingston),牙买加首都。

有海龟，坐下时可以把脚踩上去。走廊和甲板上也有海龟，走到哪里都能看见它们。船长说我们千万别掉进海里，因为救人的筏子里也满是海龟，还有水。船员每天都把船上的海龟赶到甲板上给它们洗澡。当海龟竖立起来的时候，看上去就像系着围裙。晚上，它们发出奇怪的叹气和呻吟声，一开始我还以为大家都在生病呢。后来就习惯了，它们的声音真像有人在生病。

爱你们的女儿，艾米莉

再来看看约翰的：

亲爱的爸妈：

　　船长的儿子亨利可真棒。他只用手不用脚就能爬上缆绳，真是太强壮了！他还能在蓝栓[①]下面转圈，一点都不会碰到甲板。我不能，不过我敢倒挂在绳梯上，船员们都说我很勇敢。奇怪的是他们不让艾米莉这么做。我希望你们身体都很好，有个船员养了一只猴子，可它老是尾巴疼。

挚爱你们的儿子，约翰

　　此后几个月内，他们将不会再收到信了，因为克罗琳达号不会在其他港口停泊。这段时间肯定会过得很漫长，桑顿太太一算日子就觉得脊背发凉。不过她很有逻辑地说服自己，再难熬的日子最终也有结束的一天。船是最不通人情的，它只知道在茫茫大海中不停地向前、向前，直到抵达那个早已在地图上圈定的小黑点。在哲学家看来，船出现在始发地的港口，也就意味着它出现在了目的地的港口。虽然时

[①] 此处为"缆栓"之误，约翰毕竟还没上学，而且对船上的事物一知半解。

间和地点上有出入，但其真实性是毋庸置疑的。同理，孩子们抵达英格兰后的第一封信也已经写好了，只是，怎么说呢，目前还读不到而已。再同理，与孩子重逢也是早晚的事。不过，想到这儿她就不敢再往下想了，因为根据同样的道理，生老病死也是在所难免的。

奇怪的是，两周之后，他们又收到了一封信。信是马波尔船长从哈瓦那寄出的，看来克罗琳达号在那里临时停靠过。

"多好的人啊。"艾丽斯[1]赞道，"他一定非常了解我们的心情，明白我们急于知道孩子们的每一个消息。"

船长的信比不上孩子们的信那么简洁生动。不过鉴于他谈到的重要情况，我还是把它全文抄录如下（寄自古巴哈瓦那）：

尊敬的先生和太太：

我于匆忙间写下此信，好让你们知晓孩子们的情况。

从开曼群岛出发，我们顺流而下，十九日上午经过了松林岛、小安东尼奥角，晚上抵达圣安东尼奥角。这时，本季的第一股北风不期而至，我们没办法顶着风绕过海角。还好，等到二十二日，海风就转向了。风向转得恰到好处，我们轻轻松松地绕了过去，取向东北，这样就避开了古巴海岸线上凶险的科罗拉多暗礁群。二十三日早上六点，风力很小，我看到一艘三桅帆船出现在东北方向，看样子是一艘商船，与我们航线一致。突然，我又看到一艘纵帆船从黑键岩[2]方向驶来，于是我回舱前把这件事告诉了大副。由于顺风，到上午十点左右，那艘船就追上了我们，彼此喊话都能听得见。出人意料的是，对方船上突然露出十

---

[1] 桑顿太太的名字。
[2] 原文为 Black Key。

多个隐藏的炮眼，紧接着冒出来一排全副武装的炮手，把炮口对准了我们。船上的人强横地喝令我们停船，否则就立刻把我们击沉。当时的情势下，我们别无他法，只能照办。近来我们英国政府与其他国家关系都不错，因此对方的行为有些不可思议，大副觉得肯定是一场误会，待会儿解释清楚就行了。很快，五六十名西班牙海盗爬到了我们船上，一个个身佩长剑或砍刀。他们占领了船只，把我关在自己的船舱内，把大副和船员都赶到船头上，然后就开始大肆劫掠。他们把货舱里的朗姆酒扫荡一空，砸开瓶子就狂喝猛灌，最后在甲板上横七竖八地醉倒了一片。海盗头目说，他知道我们船上装有一批数量不小的金币，然后就逼问我藏金币的地方。他对我百般恫吓，无所不用其极。我说除了刚被搜走的那五十多英镑，我再也没有一分钱了，可怎么解释他都不信。他一边加紧逼问，说他们的消息来源绝对可靠，一边把我的船舱翻了个底朝天，连镶板都砍开了。最后，他拿走了我全部的仪器、全部的衣服，还有全部的私人物品。就连那个镶着我妻子照片的小挂镜都不放过，我流着泪求他别拿走，毕竟这对他没什么价值，可他铁石心肠，毫不为之所动。他甚至拿走了拉铃的绳子——这东西能有什么用呢，纯粹是强盗行径罢了。最后见我仍顽强不屈，他就使出了撒手锏——炸船。火药放好了，眼看船就要灰飞烟灭，我不得不妥协，把钱交了出来。

下面说说事件的另一部分。孩子们一直躲在甲板上的船室里，并未受到伤害，只是有人挨了两巴掌，再就是船上发生的一切可能让他们有些害怕。在我妥协之后，海盗把那五千英镑的金币（大半是我的个人积蓄）和船上的货物（朗姆酒、糖、咖啡、竹芋，等等）搬到了他们船上。这时，他们的船长突然心血来潮，把你们的孩子，还有两个费尔南德家的孩子带了出来。纯粹是为了找乐子,他就残忍地把孩子们杀害了,一个都没留!我活了一把年纪,什么样的人都见过,可我不敢相信世界上会有这么邪恶的人。这个恶魔,他一定是疯了!我诅咒他受到正义的惩罚,至少要被人间的正义绳之以法!

我们的帆索被砍断了,此后两天只能茫然无措地漂在海上,直到遇上一艘美国军舰。美国人给了我们大力帮助,如果不是他们军令在身,一定会帮我们追捕那些恶棍的。我紧急停泊在哈瓦那,与劳埃德船业协会的办事处取得了联系,并且通知了政府和《泰晤士报》的驻地记者。在继续向英格兰进发前,我觉得自己有义务写一封信,告知你们这场惨绝人寰的悲剧。

我想你们可能还会担忧另一个问题。因为孩子当中有几个是女孩儿,你们肯定担心另一件可怕的事情发生在她们身上。这一点我可以请你们放心,也算是不幸中的万幸吧。孩子们是傍晚时分被带到海盗船上的,然后当即遭到杀害,小小的尸体被抛进了海里。我亲眼看见了这一切,他们没有时间干其他恶行。希望这能让你们稍感宽慰。能为你们略减悲痛是我的荣幸。

忠诚地为你们效劳。

克罗琳达号船长,J.马波尔

第三章

1

开曼群岛——也就是孩子们写家书的地方——离蒙特哥湾只有几小时的航程。天晴的时候，两地可以隔海相望，从牙买加就能看到古巴那边的塔奎尼奥山峰。

开曼群岛没有海港，由于四周都是暗礁和崖壁，这使得船只下锚很不容易。克罗琳达号接近大开曼岛时，瞭望员摸索着找到了一小片水域，水下是白色的沙地——这是附近唯一能安全停靠的地方。他们迎着风把锚抛了出去，还好，天气是晴朗的。

大开曼岛位于开曼群岛的西端，形状细长，地势低洼，岛上长满了棕榈树。他们停船之后，从岛上划过来一艘艘小艇，艇上装满了海龟。艾米莉在她的信中提到过这件事。当地人还带了一些鹦鹉想卖给水手们，不过鹦鹉的销路没有海龟那么好。

不久之后，克罗琳达号驶离了水势险峻的开曼群岛，向松林岛进发。松林岛是一个大岛屿，位于古巴沿岸的一个海湾内。船上有个叫柯蒂斯的水手曾在这里遇过险，因此他有一肚子关于松林岛的故事。岛上很荒凉，人烟稀少，到处是迷宫一般的丛林。唯一能拿来当作食物的是一种树。另外还有种看上去很诱人的豆子，不过不能吃，有剧毒。柯蒂斯说附近有鳄鱼，那次他和同伴被鳄鱼一直追到了丛林里。唯一的脱身之计就是把帽子扔过去，这样它们就会扑上去撕咬帽子。如果你有胆量的话，还可以找根木棍打它们的软肋。另外，岛上还有很多蛇，甚至有一种大蟒。

松林岛外面有很强的洋流，方向是朝东的，因此克罗琳达号紧贴着海岸线行驶，好避开这股洋流。他们经过了科连特斯角，这个海角就像海面上鼓起来的两个小山包。然后经过了贺兰蒂斯角，也叫小安东尼奥海角。后来，在绕过真正的圣安东尼奥角时，他们碰上了麻烦——就像马波尔船长在信中说的，起北风了。想顶着北风绕过海角，那纯粹是白费力气。

没办法，他们只能待在这里等着。如果把古巴看作一个大岛，圣安东尼奥角就是这个岛的尽头。海岬狭长低平，遍布岩石，没有树木。他们的船离岸很近，连海岬南端的渔民小屋都看得清清楚楚。

对孩子们来说，航行的头几天就像在看马戏，连续看了这么长时间，真是太过瘾了。船上的滑轮索具似乎是最适合当成玩具的器械。而马波尔船长果然像桑顿太太预料的那样，给了孩子们尽情玩耍的自由。他们跟着一个水手爬绳梯，每次都比上一次多爬几级，约翰起初只能小心翼翼地够到帆桁[①]，很快就能把它抓住，最后都能骑跨在上面了。没多久，爬绳梯、走帆桁就成了小菜一碟。约翰和艾米莉都能在绳梯上轻松来去，在帆桁上如履平地。不过，船长不许他们探到帆桁外面去。

[①] 帆桁（yard），吊在桅杆上的长柱，一头渐细，用来支撑和展开横帆、梯形帆或三角帆的顶端。

孩子们很快就玩腻了绳梯,让他们兴趣更持久的是绳网。这个网是用脚缆①和锁链结成的,从船头斜立的桅杆两端垂挂下来,孩子们玩得越纯熟就越觉得乐趣无穷。天好的时候,绳网可以用来爬,也可以用来坐、用来躺,甚至可以荡秋千。绳网随着船上下起伏,孩子们拿垂在下面的绳子把海水搅起泡来,从网上伸手就能够到这些泡泡。大个子的木头夫人(克罗琳达号)毫不费力地背着满船重负在海水中稳步前进。她的木纹中涂满了油漆,比任何一位太太化妆用的油彩都多。这位木头夫人默默地陪着孩子们,是个令人安心的好旅伴。

绳网中间有一根鱼叉,拦腰绑在桅杆的下面,叉头垂直伸向海面——这是用来对付海豚的。约翰信中提到的那只尾巴疼的老猴子就爱倒挂在鱼叉上。这猴子得了一种毒瘤,尾巴烂得只剩下半截,它就用这半截断尾卷住鱼叉,冲着水面吱哇乱叫。孩子们与猴子井水不犯河水,各玩各的,不过渐渐地都越来越喜欢对方了。

在那些高大的水手身边,孩子们显得多渺小啊,简直不像是同一种生物。然而毋庸置疑,他们也是人类,而且有着令人憧憬的未来。

约翰长了一张圆圆的雀斑脸,上面布满细细的绒毛,脸色红彤彤的,看上去总是活力四射。

艾米莉戴着一顶棕榈叶大草帽,身穿褪色的棉布衣裙,腰身细小而挺直。她面颊瘦削,情绪很少流露在脸上。艾米莉眯起双眼躲避阳光,深灰色的眼睛里闪烁着难以遮掩的光芒。她的嘴唇非常漂亮,像雕塑一样富有立体感。

玛格丽特·费尔南德个子要高一些,但只是相对而言,毕竟她也只有十三岁。她脸型较方,面色苍白。长着一头纠结的乱发,身上的衣饰华丽而繁复。

---

① 脚缆(footrope),系在船较低的沿上的绳子,船员收帆时可以踏脚。

玛格丽特的小弟弟哈里长得很像他们的移民先祖，简直是一个小小的西班牙土著。

再来看看桑顿家的小家伙们：爱德华一头灰发就像只小老鼠，而且喜欢挤眉弄眼，但是并不讨人厌；蕾切尔长了一头浓密的金色鬈发，剪得短短的，下面是胖乎乎的粉红色脸蛋，就像把约翰的脸色加水稀释了；最小的劳拉只有三岁，是个脾气古怪的小东西，浓眉毛、蓝眼睛、大脑门、短下巴，造物主在创造她的时候似乎格外兴奋，使她看上去像是白银时代的产物。

北风终于停了，海角很快陷入了死寂。第二天上午，他们终于绕过了海角。天真热，就像火烤的一样。海上虽然不气闷，但也有一样不好，在陆上起码还能戴顶帽子遮遮阳，在船上呢，就算挡住了天上的太阳，也挡不住海面的反光。强光无孔不入，灼烤着平日晒不到的稚嫩肌肤。可怜的约翰，脖子和下巴都晒得起了红色的水泡。

从海角这里望去，有一段入水两英寻深的白色堤岸，从北方弯向东北。堤岸的外侧很平整，几乎直上直下，天气好的时候不需要引航就能安全绕过去。堤岸的尽头就是黑键岩，这是一块伸出水面的巨石，形状像艘大船。黑键岩后面有一条航道，但是淤塞严重，很难通过。再往后就是科罗拉多暗礁群，这一大片暗礁沿着海岸向东北方向延伸，一直伸到洪德海湾。要去哈瓦那的话，三分之二的航程都摆脱不开这些暗礁。暗礁内侧是贾尼加尼科运河，河道错综复杂，那条淤塞的航道就是运河的最西段。运河上有几处小港口，不过看上去很难安全停靠。外海的航船都会尽量避开这些乱糟糟的河道——克罗琳达号就很明智地拨转船头，向北驶去，慢慢地进入了开阔的大西洋水域。

约翰跟那个叫柯蒂斯的水手坐在厨房外面，柯蒂斯正在给他讲一个关于土耳其人脑袋的神秘故事。年轻的亨利·马波尔正在掌舵，艾米莉在旁边瞎转悠。她并不说话，只是在亨利身边待着。

其他的水手在船头上围成一圈，只能看见背影。他们不时地发出哄笑，突然间又一起大喊，也不知道在搞什么名堂。

约翰蹑手蹑脚地走近，想看看他们到底在玩什么。他把脑袋从水手的腿间钻过去，一直挤到了最前面。

原来，他们正抓着老猴子给它灌朗姆酒。先是把浸了朗姆酒的饼干喂给它，后来又把破布蘸在酒杯里，吸满酒后挤到猴子嘴里。水手们想让它直接喝，可是猴子百般挣扎，让他们白费了半天力气。

约翰隐隐地有些恐惧和不安，尽管他不知道水手们想干什么。

可怜的猴子浑身哆嗦，吱吱乱叫，很快就翻起白眼，唾沫飞溅，叫声也不连贯了。我想当时的场面肯定很诡异。有好几次，猴子似乎失去了知觉，于是水手把它扔到一个旧的牛肉桶里，可猴子又猛地苏醒，闪电般地跳出来，想从水手们头顶上跃过。可惜猴子毕竟不是鸟，每次它都被水手抓住，然后又是一阵猛灌。

可怜的猴子杰科，怎么挣扎也逃不掉。约翰目瞪口呆，想离开却迈不动步子。

这个小东西被灌了多少酒啊，它已经醉得一塌糊涂了。可它并没有瘫倒，也没有昏睡，似乎什么都不能让它倒下。最后水手们只好放弃了这一招。他们拿来一个大木箱，在箱板上砍出一道凹槽，然后把猴子按在桶盖上，用木箱兜头罩住。又费了半天劲，总算把它那条溃烂的尾巴从凹槽里拉了出来。不管麻醉效果达到了没有，他们决定马上开始手术。约翰张大了嘴，盯着那半截还在扭动的烂肉。你即使看遍所有的动物也见不到这么恶心的尾巴。眼角的余光里，他看见水手们在乱嚷乱跳，还有那把手术刀，上面沾满了柏油。

刀锋刚碰到尾巴，就听到一声惊恐的尖叫。猴子猛地掀翻木箱，蹿到了操刀的水手头上。接着，它蹦起来抓住前桅支架，很快就爬上了帆缆的顶端。

水手们大喊大叫，乱作一团。十六个人跟着醉醺醺的猴子上蹿下跳，就像在耍杂技。猴子醉得天不怕地不怕，可是身体又很虚弱，因此它做的那些高难度动作让人捏了一把汗。它在一根绷紧的绳子上翻跟头，随时都有可能被弹进海里。可水手们就是抓不住它。

这场追捕大战实在太精彩了，难怪孩子们会跑到甲板上，不顾烈日刺眼，睁大眼睛看着。他们仰得脖子都要断了——这可是真正的免费马戏表演啊！

也难怪旁边经过的那艘纵帆船上，女士们全都从遮阳篷下走出来，聚到了船栏边。只见阳伞如簇，望远镜和观剧眼镜齐刷刷对准了这边的杂技表演，女士们叽叽喳喳地又笑又叫，热闹得像一群红雀。这艘船是从黑键岩那边驶过来的，马波尔船长回舱之前看见的就是它。因为距离很远，那些人看不到猴子。他们肯定很纳闷：海风到底要把他们吹向一艘什么怪船啊，居然有人在做海上杂技表演？

他们肯定是太感兴趣了。不久，一艘小艇放了下来，几位女士，还有几位先生，一起挤到了艇上。

可怜的杰科终于失手了，它扑通一声掉在甲板上，摔断了脖子。猴子没命了，追捕当然也就结束了。走钢丝表演戛然而止，连个谢幕的造型都没摆。水手们三三两两地沿着绳子滑回了甲板。

但是小艇上的人已经登上了他们的船。

克罗琳达号就是这么被占领的，根本没有什么炮兵之类的威胁。而且即使有，马波尔船长也不可能看见，他正在下面船舱里睡觉呢。亨利在用第六感掌舵，其他感官全睡着了。大副和水手们都在全神贯注地抓猴子，就算那艘"荷兰飞人号"纵帆船靠上来，他们恐怕也注意不到。

2

占领几乎是悄无声息地完成的,马波尔船长甚至都没有惊醒。这对一个航海老手来说有点不可思议。其实,马波尔船长早就转行做煤商了。

大副和水手们全被绑着押进了艏楼[①](孩子们一直以为那叫"兽楼")。他们被关在里面,舷窗用钉子封死了。

孩子们就像一群不设防的小羊羔,被抓住圈了起来,关进甲板上的船室。船室里堆放着椅子、没用的旧绳头、坏掉的工具,还有干了的油漆桶。门嘭地关上,此后孩子们就一直待在里面,等待着不可预知的命运。几乎一整天过去了,孩子们等得不耐烦,开始生起气来。

占领船只的其实也就八九个人,其中大半是"女人",而且手无寸铁——就算有,他们也没掏出来。不久,纵帆船放下了第二艘小艇,艇上的人全都端着步

---

① 艏楼(fo'c'sle),船首的舱房,一般用作水手舱。

枪。不过也就做做样子罢了,他们不会遭到反抗的,两枚长钉就足以把水手们拦在舱盖后了。

乘着第二艘小艇过来的,有对方的船长和大副。船长是个举止笨拙的大个子,看上去愁眉苦脸,有点傻乎乎的。他块头很大,可惜比例不协调,让人觉得不够强壮。穿得倒是整整齐齐,一身灰褐色的套装,即使在陆地上也算得体。刚刮过胡子,稀疏的头发涂了发油,结成发髻贴在他的秃脑门上。标准的陆地打扮反而突出了他粗大的棕色手掌,上面沾满了油污,疤痕累累,让人一眼就能猜出他的真正职业。此外,他没穿靴子,而是踩着一双特大号的无跟拖鞋,看上去像摩尔人的款式,肯定是他自己用旧水手靴割成的。鞋子太大了,就连他那双肥大的脚都穿不起来,所以只好趿拉着鞋子啪嗒啪嗒地走。他总是缩着肩膀,好像上面有东西碰头似的;走路甩胳膊时,总是手背朝前,简直像头大猩猩。

这些人上船后二话不说,立即下手抢劫,动作训练有素。他们拔掉楔子,去掉货舱口的压板条,准备往外搬东西。

船长在甲板上来回踱了好几趟,似乎在为后面的问话打腹稿。打好之后,他就带着大副下去,进入了马波尔的舱房。

大副是个小个子,肤色白皙,站在他的上司身边,显得格外聪明。他穿得朴素得体,比船长更加衣冠楚楚。

马波尔还在半睡半醒之间,闯入者静静地站在那里,两手不安地摆弄着帽子。良久,他才开口说话,带着柔和的德国口音:"对不起,请借给我一点补给品好吗?"

马波尔船长目瞪口呆,难以置信地抬起头,先看看这个大块头,再看看天窗上那几张涂脂抹粉的"女人"面孔。

最后,他总算说出话来:"你他妈的是什么人?"

闯入者回答道:"我在执行哥伦比亚海军的任务,现在急需一些补给。"

甲板上,他的属下已经打开了舱盖,对于舱里的存货,他们是不打算客气了。

马波尔船长上下打量着这个家伙,不太相信他的话:就算是哥伦比亚海军也不可能有这么大块头的军官。然后,他的目光再次移到天窗上:

"如果你自己是个海军战士,先生,请问上面那些是什么人?"说着他往上一指,那些挤扁了的脸赶紧闪开。

闯入者脸红了。

他坦白地承认:"这个,不太好解释。"

马波尔船长吼道:"你要是自称土耳其海军,没准还可信一点!"

闯入者似乎不觉得好笑,他一言不发站在那里,动作甚是奇怪:重心在两脚间交替轮换,歪着头把脸放在肩膀上蹭来蹭去。

突然间,马波尔船长听到一声沉闷的撞击,同时船剧烈地晃了一下,他心里明白——对方的船已经靠上来了。

"你要干吗?"他惊呼,"我船上有通缉犯吗?"

"我只要东西……"对方咕哝道。

马波尔船长本来一直窝在铺上,就像一条在笼中咆哮的狗。突然间他醒悟到上面正在发生什么,于是跳起来向扶梯冲去。小个子白皮肤的大副伸腿一绊,马波尔重重地撞到了桌子上。

"你最好待着别动,行吗?"大个子船长说,"我的人会数清楚拿了你多少东西,然后如数付钱。"

精明的海上煤商眼睛顿时一亮。

"你的粗暴给我带来了惊吓,你必须好好补偿我!"他吼道。

"好,我补偿你,"闯入者突然提高了嗓门,用一种夸张的语气说道,"我至少给你五千英镑!"

马波尔惊讶地瞪大了眼睛。

对方接着说:"我会给你开一张哥伦比亚政府的汇票,面值五千英镑。"

马波尔船长砰的一拳砸在桌子上,简直不知道该说什么。

"真是荒唐!你竟然指望我相信这套无稽之谈?"他怒道。

闯入者——琼森船长——并没有反驳。

马波尔继续大吼:"难道你不知道自己已经犯了抢劫罪吗?你强行向一艘英国船只索取财物,就算分文不少地付钱,也依然是海盗行径!"

琼森船长还是没吭声,满脸不耐烦的大副却露出会意的微笑。

果然,马波尔船长最后喊道:"你必须付给我现金!"

接着,他迅速转移话题:"你们这些家伙不打招呼就上船,简直吓死我了!咦,我的大副呢?"

琼森终于再次开腔了,他面无表情,语调生硬:"我会给你开一张五千英镑的汇票,其中三千英镑偿付我们拿走的东西,另外两千你先给我。"

"我们知道你船上有金币。"小个子大副插了一句,这是他进来之后首次开口说话。

琼森补充道:"我们的消息来源绝对准确。"

马波尔船长脸色"唰"地变白了,冷汗从背后冒了出来。他那厚厚的脑壳半天才体会到什么是惊恐。但是,他死活不肯承认船上有钱。

"你确定没有钱?"说着,琼森从口袋里掏出了一把沉甸甸的手枪,"不说实话是要付出生命代价的。"他的声音柔和却又机械,仿佛只是在说出一个个无意义的单词,"别指望我开恩饶命,这是我的职业,我早就见惯了流血。"

甲板上传来一阵慌乱的咯咯声,马波尔船长明白,他们养的鸡已经被抓到另一艘船上了。

马波尔心中恼怒,却不敢再强硬,低声下气地哀求道:"我家里还有妻儿老小,你杀了我,他们可怎么活?"

琼森露出一副莫名其妙的表情,但还是把手枪放了回去。他叫大副过来,两个人开始翻箱倒柜。他们对船厅和每个舱室都进行了地毯式搜索,拿走了里面的一切有用之物:火器、衣物、被褥,林林总总一大堆。马波尔的信里虽然谎话连篇,但有一点是真的,他们确实把拉铃的绳子也扯走了。

甲板上也不安生,滚酒桶的,搬箱子的,忙得不亦乐乎。

"你要记住,"琼森一边翻着东西,一边回头对马波尔说,"钱不能起死回生,你要是连命都没了,还要钱有什么用?你如果还有丝毫活命的念头,就快点告诉我钱在哪里,然后我就饶了你。"

马波尔也不回答,只管声泪俱下地念叨家里的妻儿老小。其实他根本是个鳏夫,唯一的亲戚是个侄女。他死了对这个侄女一点坏处都没有,因为她能继承到一万英镑。

他的哭诉似乎让小个子大副想到了一个主意,他叽里咕噜地跟上司交谈了几句,用的是一种马波尔从没听过的语言。琼森眼睛里闪过一丝疑惑,接着充满人情味地笑了起来,一边笑还一边搓手。

大副随即上甲板准备东西去了。

马波尔只觉得一头雾水,他不知道对方在计划什么,只知道他上去准备了。琼森闷声不响,在徒劳地做最后的扫尾搜查。

不久,大副朝下面喊了一声,于是琼森押着马波尔走上甲板。

可怜的马波尔哽咽不已。虽然装卸货物一向是个粗活,可这些人也太不仔细了。世界上还有什么比混着蔗糖汁的舱底臭水更难闻?现在这股味儿直钻脑髓,令他几欲作呕。看着自己的货物遭到如此浩劫，他真是心如刀绞：满船都是破箱子、碎木桶，还有滚了一地的瓶子。每样东西都在劫难逃，帆布割成了条，舱盖也砸烂了。

船室里传出劳拉尖细的嗓音："我要出去！"

那些"西班牙女士"都不在，看来是返回他们自己的纵帆船了。克罗琳达号的水手都被关在艏楼里。孩子们在哪里一听就知道，因为除了劳拉之外，其他人也在大喊大叫。甲板上有六个海盗船员，排成一队，每人端着一支步枪，枪口指向船室。

现在由小个子大副负责审问。

"把钱藏哪儿了，船长？"

既然枪手背对着他，马波尔觉得没什么好怕的。"去死吧！"他吼道。

只听"叭叭叭"几声脆响，一排子弹射进了船室上方，在门上留下六个弹孔。

"喂，冷静点！你们想干什么？"约翰在里面义愤填膺。

"你如果还不说，下次开枪就把枪口降低一英尺[①]。"

"你们这些混蛋！"马波尔大骂。

"说不说？"

"不！"

"开枪！"

又是一排子弹射出。这次留下的洞只比三个大点的孩子高上几英寸[②]。

枪响过后是片刻的宁静，紧接着，船室里发出一声凄厉的尖叫。在极度的惊恐之下，叫声都走了音，恐怕连他们的母亲都听不出来是

[①] 1英尺约0.3米。
[②] 1英寸约2.54厘米。

谁在叫。不过，尖叫只有一声，其他孩子都没叫。

琼森船长一直有些焦躁不安，在甲板上踱来踱去。听到这声尖叫，他再也按捺不住了，脸涨得发紫，怒不可遏地冲马波尔吼道：

"现在，你可以说了吧？"

马波尔却显得从容不迫，毫不犹豫地回答道：

"不！"

"下次他就下令射穿孩子们的小身体了！"

还记得马波尔的信吗？他说琼森对他"百般恫吓，无所不用其极"，指的就是现在。可即使这样，他也没有妥协：

"我告诉你，不说就是不说！"

真是顽固！琼森没有下令开枪，却提起了熊掌般的大手，一拳打在马波尔下巴上。马波尔扑通一声倒在甲板上，晕了过去。

随后，琼森下令把孩子们带出来。

说实话，孩子们并没有被吓倒。只有玛格丽特吓得厉害，看上去魂不守舍。真的枪击和想象中一点都不一样，孩子们没法把两者联系起来，所以也没表现出应有的恐惧。他们头几次见到打枪都没怎么害怕，感觉还不如从暗处跳出来大叫一声"哈！"那么吓人呢。男孩们哭过几声，女孩子只觉得又热又烦，而且肚子饿得咕咕叫。

"你们刚才在干什么呀？"蕾切尔乐呵呵地问一个枪手。

可惜除了船长和大副外，其他人都不会说英语。大副也没正面回答蕾切尔的问题，只说要带他们到纵帆船上去。"去吃晚饭。"他说。

大副举手投足间显出一种令人安心的独特魅力，很容易就说服了孩子们。在两个西班牙水手的带领下，他们翻过舷墙登上了海盗的小艇，然后两船就分开了。

海盗船上，陌生的水手打开一整箱水果蜜饯，让饿了一天的孩子们美美地吃了个够。

马波尔船长苏醒过来，发现自己被绑在主桅杆上，脚下堆着刨花和碎木，琼森正往上撒火药。不过，这点火药可不像他信中写的那样，能让船"灰飞烟灭"。

天色渐晚，海上升起了薄薄的暮色。小个子大副举着一支火把，准备点燃马波尔脚下的柴堆。

在这命悬一线的时刻，马波尔还充什么英雄？这个顽固的老家伙终于低头服软，交代了藏钱的地方——那儿有大约九百英镑的货款。然后，他就被解开了。

暮色渐渐四合，殿后的几个海盗也回到自己船上。马波尔听不到孩子们的动静，估计他们被带走了。

马波尔并不急着放水手们出来，而是点了个灯笼，查看到底少了什么。结果真是令人心碎：不光货物没了，备用帆、绳索、给养品、火器、弹药、油漆，全都不见了。他和大副的衣物、航行设备也没了，生活用品被洗劫一空。船厅里一把勺子都不剩，糖和茶叶都没放过。现在他连一件换洗衬衣都没有了。船上只剩下孩子们的行李，还有那些海龟。四周静悄悄的，只听得见海龟幽怨的叹息。

看看海盗们留下的东西，马波尔船长更是心痛不已，满地都是垃圾破烂，乱得一塌糊涂。他真恨不得刮一场大风，把它们全刮到海里。可这些刺眼之物纹丝不动，横在他面前。

天哪，政府的保险政策到底有什么用？他怒气冲冲地抱起一堆垃圾，向海里扔去。

这一幕被琼森船长看见了。

"嗨！"琼森叫道，"你这肮脏的骗子！我要到劳埃德船业协会去检举你！我会亲自写信的！"他很震惊，从没见过马波尔这么不厚道的人。

马波尔不得不暂时罢手。他操起一根铁钎把艏楼的门撬开,放那些水手出来。跟着出来的还有玛格丽特那个棕色皮肤的保姆。她一整天都躲在里面,可能是吓坏了。

3

在普通人看来，海盗船上的聚餐肯定热闹非凡。其实不然，他们吃得并不开心。

今天收获不小，所以船员们兴致挺高。晚餐以水果蜜饯为主，后来又吃了些面包和碎洋葱。空中繁星点点，已经过了睡觉时间，船员们坐在甲板上，从那个特大号的碗里抓洋葱吃。孩子们本来也在一起吃，可是不知为什么，双方之间突然拘谨起来，结果聚餐变得既严肃又乏味。

我想，这可能是语言不通造成的吧。西班牙水手早已习惯了这种沟通困难，他们冲着孩子们微笑、点头、做手势。可孩子们不习惯，他们老老实实地坐在那里，就连父母也没见他们这么规矩过。渐渐地，连水手们也拘谨起来。有一个小个子经常被大家取笑，他天生爱打嗝，结果同伴们你瞪一眼、我碰一肘，把他搞得莫名其妙。最后，为了息事宁人，他自己躲到一边去吃了。这边的宴会寂静无声，隔着半条船还能听见那个家伙在打嗝。

要是船长和大副也在场就好了,因为他俩会说英语。可他们忙得顾不上,正在清点战利品呢。两个人打着灯笼,把那些有明显标记的东西挑出来,恋恋不舍地抛到海里。

他们把几个印有马波尔船长大名的空箱子扔下去,只听水花四溅,紧接着旁边的船上传来一声怒吼。两个人诧异地停下来:我们把他们值钱的东西都抢光了,扔他们几个破箱子还至于这么大惊小怪吗?

真是费解。

诧异过后,两个人继续工作,再也没理会克罗琳达号。

吃过饭后,气氛更加别扭了。孩子们站在那里,手脚都不知道往哪里放。他们没法跟水手沟通,但是只跟自己人说话又显得很没礼貌。他们真的很想赶快离开。如果是白天,他们肯定会高高兴兴地四处探险,可黑暗中什么都做不成,太无聊了。

水手们各自都有事干,而船长和大副本来就在忙。

最后,整理工作总算完成了。琼森现在没有别的事可做,只有把孩子们送回去,然后趁着月黑风高赶紧开溜。

然而,听到箱子入水的声音,马波尔船长充分发挥了他的想象力。他想,既然孩子们遇害了,我们也没有理由待在这里了,还是快走吧。

也许他不是故意的,他是真的弄错了。

他信中说自己"亲眼看见"孩子们被杀,其实是"亲耳听到",所差不过毫厘嘛。他的本意还是好的。

他催着船员们迅速开船。等琼森船长再往这边看时,千疮百孔的克罗琳达号已经顺风驶出半英里了。

船是追不上了。琼森船长只好用夜视望远镜目送着它渐行渐远。

4

那个打嗝的水手前半夜被大伙儿捉弄得不轻,后半夜又被琼森船长派去清理前舱。他把纤绳、扫帚、挡板全堆到一边,给小客人们腾出了容身之处。至于被褥,抢来的那些足够了。

孩子们显得更加局促不安。他们默默地爬下扶梯,每人领了一条毯子。琼森在旁边转来转去,急切地想帮孩子们铺床,却不知如何下手。最后他还是放弃了,从舱口一跃而上,在甲板上自言自语起来。

孩子们仰头看着他,只见他扶着舱口跳上去,最后消失的是那双特大号拖鞋,挂在两个大脚趾上,在星光中轮廓分明。奇怪的是,他们一点都不想笑。

渐渐地,毯子蹭着下巴带来了一种熟悉的舒适感,而且舱内终于没有外人了,呆若木鸡的孩子们开始慢慢回过神。

船舱里伸手不见五指,只有天窗透出方方的一小块星空。沉默渐渐被打破,先是有人翻身——来回翻个不停,接着,有人说起话来。

劳拉（压低了嗓门）："我不喜欢这张床！"

蕾切尔（也压低嗓门）："我喜欢。"

劳拉："太不舒服了。这根本不是床！"

约翰和艾米莉："嘘！快睡觉！"

爱德华："我闻到了蟑螂味儿。"

艾米莉："嘘！"

爱德华（大声地、满怀憧憬地）："它们会咬掉我们的指甲，因为我们没洗干净。它们还会咬我们的皮肤，吃光我们的头发，然后……"

劳拉："我床上有蟑螂！滚开！"

（虫子嗡嗡地飞走了，劳拉也跳了出来。）

艾米莉："劳拉，回床上去！"

劳拉："我不回去，那儿有蟑螂！"

约翰："回床上去，你这个小傻瓜，蟑螂早就走了！"

劳拉："但他肯定把老婆留在我床上了！"

哈里："他们没有老婆，他们自己就是女的。"

蕾切尔："劳拉，别这样！艾米莉，劳拉踩我！"

艾米莉："劳——拉！"

劳拉："好吧，我确实踩到了什么东西。"

艾米莉："上床睡觉！"

（安静了一会儿。）

劳拉："我还没祈祷呢。"

艾米莉："那就躺着说吧。"

蕾切尔："不行，那样太懒了。"

约翰："闭嘴，蕾切尔，让她躺着说。"

蕾切尔："那太不敬了！躺着祈祷容易睡着，没祈祷完就睡着是要遭天谴的!对吧?(没人理她。)对不对?(还是没人理她。)艾米莉,你说对不对?"

约翰:"不对!"

蕾切尔(迷迷糊糊地):"我觉得很多该遭天谴的人却没遭到天谴。"

(又安静下来了。)

哈里:"玛姬!①(没有回应。)玛姬!(还是没有回应。)"

约翰:"玛格丽特怎么了?为什么不说话?"

(一声微弱的呜咽。)

哈里:"我也不知道。"

(又一声呜咽。)

约翰:"她老是这样吗?"

哈里:"她有时候讨厌得要命。"

约翰:"玛姬,你怎么了?"

玛格丽特(痛苦地):"别管我!"

蕾切尔:"我想她是吓坏了!(奚落地唱起来)玛姬见鬼了,见鬼了!"

玛格丽特(大声抽泣):"你们这些小傻瓜!"

约翰:"那你到底怎么了?"

玛格丽特(顿了一顿):"我比你们都大!"

哈里:"这也能作为害怕的理由吗?"

玛格丽特:"是的。"

哈里:"不是!"

玛格丽特(火气上涌):"我告诉你,就是!"

―――――――――――――――――
① 玛格丽特的昵称。

哈里:"不是!"

玛格丽特(自鸣得意地):"那是因为你们太小了,不明白……"

约翰:"艾米莉,揍她!"

艾米莉(睡意蒙眬地):"你自己揍吧。"

哈里:"玛姬,我们为什么在这儿?(没有回应。)艾米莉,我们为什么会在这里?"

艾米莉(毫不在意地):"不知道。可能他们想改变我们吧。"

哈里:"我猜也是。但他们没说要把我们变成什么样。"

艾米莉:"大人都这样,什么都不告诉我们。"

第四章

1

孩子们很晚才睡着。第二天，大家就跟上了发条似的一起醒过来。他们齐刷刷地坐起来，不约而同地打了个哈欠。睡了一晚上木板，感觉浑身僵硬，于是他们纷纷起来活动腿脚。

船很平稳地航行着，他们头顶上的甲板传来了咚咚的脚步声。主舱和前舱是一体的，所以孩子们在这边就能看见主舱盖打开了。船长从舱口跳下来，先是两条腿，紧接着整个人落到一堆货物上——就是从克罗琳达号上抢来的那些战利品。

孩子们一动不动地看着船长。他看上去心神不宁，拿着铅笔在货箱上敲来敲去，嘴里还不停地自言自语。突然，他抬起头来，冲着甲板大吼一声。

"来了，来了。"大副的声音传来，听上去满腹委屈，"其实根本不用这么急嘛。"

船长大声地咕哝起来，好像肚子里有几个人在同时说话。

"我们可以起床了吗？"蕾切尔问道。

船长吓了一跳，猛地转过身来。他忘了舱里睡着人。

"什么？"

"请问，我们可以起床了吗？"

"你们见鬼去吧。"他咕哝道。幸好他的声音很低沉，孩子们都没听清楚。不过大副听见了，他从甲板上探下头来，责怪船长道：

"嗨嗨嗨，你说什么呢？"

"我说，起床！到甲板上去！"说着，船长狠狠地一推扶梯，让孩子们爬上去。

孩子们吃惊地发现，他们已经不在海上了。纵帆船停在一个内陆小海湾里，稳稳地泊在木板搭建的码头旁。海湾外面有个村镇，看上去景色宜人，只是有点凌乱。一间间木屋用棕榈叶做房顶，绿树丛中掩映着一座砂石建筑的教堂。码头上有几个穿着体面的人，散步走到这里，停下来看水手们卸货。大副正在给手下分配工作，他们已经搭好了架子，热火朝天地准备开工。

大副笑呵呵地冲孩子们点点头，然后就不搭理他们了。孩子们觉得有点郁闷，不过没办法，他真的太忙了。

这时，船尾突然冒出来一群打扮怪异的小伙子。玛格丽特觉得她从没见过这么漂亮的男人。他们瘦而结实，穿着异国服饰（不过，稍微有点褴褛）。看他们的脸！那些橄榄色椭圆形的脸！那些大大的眼睛，有着黑色的眼圈和温柔的棕色眼眸！还有那鲜艳欲滴的嘴唇！他们在甲板上分散开，说笑着向岸上走去。他们嗓音尖细，叽叽喳喳的，就像一群红雀！

船长这时恰好从舱口钻出来，艾米莉问他："那些人是谁？"

"哪些人？"他头也不抬，有点心不在焉，"哦，他们啊，仙童[①]。"

[①] 仙童（fairies），对男同性恋的一种称呼。

"嗨嗨嗨！"大副又嚷了起来，责怪之情溢于言表。

"仙童，是神仙吗？"艾米莉惊呼。

琼森船长脸顿时红了，从秃脑门一直红到脖子根儿。他一言不发地走开了。

艾米莉道："他真傻！"

"我们要不要到岸上去？"爱德华问道。

"最好等他们发了话再说。是不是，艾米莉？"哈里说。

蕾切尔问："原来英格兰是这样的呀，怎么看上去还是像牙买加呢？"

"这不是英格兰，"约翰骂道，"你这个笨蛋！"

"肯定是的，"蕾切尔反驳道，"我们要去的不就是英格兰吗？"

"我们还没到英格兰，"约翰解释说，"这肯定是中途休息，就像送海龟来的那次一样。"

"我喜欢中途休息。"劳拉发话了。

"我不喜欢。"蕾切尔说。

"反正我喜欢。"劳拉锲而不舍。

"那些年轻人去哪儿了？"玛格丽特问大副，"他们还回来吗？"

"等我们卖完货他们就会回来，到时候就有钱付给他们了。"大副回答说。

"然后他们会住在船上吗？"玛格丽特追问道。

"不，他们是从哈瓦那雇来的。"

"雇来干什么？"

大副诧异地看了她一眼："他们就是船上那些扮作乘客的'女士们'呀，你不会以为那是真的吧？"

"什么？那些人是化装的？"艾米莉跳了起来，"太有趣了！"

"我喜欢化装。"劳拉说。

77

"我不喜欢，"蕾切尔反驳，"那太幼稚了！"

"我还以为那些真的是女士！"艾米莉承认道。

"我们的船员都是正经人，真的。"大副有点不自然地说。这话说得没头没脑，不过孩子们没在意。"好了，你们下船玩去吧！"

孩子们手拉手，排着队上了岸。他们没有乱跑，规规矩矩地在村镇里散步。劳拉想单独行动，其他人坚决不允许。一直到散步回来，他们仍然整整齐齐排着队。孩子们把附近看了个遍，谁也没注意他们，至少他们没觉得被人注意。现在，他们又有一肚子问题要问了。

这是个宁静而古老的小镇，名字叫"桑塔露琪亚"①，就像世外桃源一般，是个被人遗忘的角落。小镇坐落在古巴最西端，位于迪奥斯港和博卡河之间，面向大海。纵横交错的河道分布在暗礁群和伊莎贝拉堤岸之间，把小镇同外海隔离开来。这些河道只有经验丰富的本地船敢于航行，外面的大船唯恐避之不及，从来不敢驶入。内陆方向是一片绵延数百英里的丛林，拦在小镇与哈瓦那之间。

我们前面说过，贾尼加尼科运河上有很多小港口。这些港口作为海盗们的贸易基地，一度非常繁盛。可惜好景不长，一八二三年，美国海军的阿伦上校带着一支舰队攻占了海盗的老巢。这对海盗来说真是灭顶之灾——虽然美军花了很多年才把他们剿灭，但是海盗此后就一蹶不振，规模像毛衣一样日益缩水。现在谁还愿意当海盗？到哈瓦那之类的大城市去，抢钱要容易得多，而且风险低得多（不过档次也低得多）。海盗早已无利可图，多年前就该灭绝了。可一项古老的职业被历史淘汰后，总会有一些零星的死灰复燃，即使不赚钱，也要苟

---

① 意为"圣女露琪亚"（Santa Lucia），是传说中的女神。西班牙和意大利都有一些地方以此为名。

延残喘一番。

现在,桑塔露琪亚和海盗仍然存在,不为别的,就因为他们曾经存在过。他们时常出海逡巡,抢劫克罗琳达号这样的商船只不过是家常便饭。然而,他们的领地在日渐缩小,很多海盗船都闲置废弃了,还有一些可悲地沦为商船。小伙子们离开村镇,到哈瓦那或美国去谋生,姑娘们在家无所事事。本地的显贵家族人丁不旺,家产也日渐微薄,却还不失尊严,反而越发高高在上。居民们头脑很单纯,过着宁静的田园生活,他们忘却了外面的世界,甚至忘却了遗忘本身。

回到船上,约翰首先发表意见:"我可不想住在这里。"

这时,货物已经卸到码头上了,镇上的人也从午睡中醒来。一百多人聚到码头上,围着货物指指点点。拍卖马上开始了。琼森船长在那里走来走去,每个人都嫌他碍事,大副气得够呛,因为船长老是发布跟他相反的命令。大副一手拿着账本,一手拿着写了号码的标签,正往不同的货物上贴。水手们在搭建临时卖场,看上去像个造型独特的舞台。

围观者越聚越多。他们都说西班牙语,所以孩子们感觉像在看儿童剧——表演的都是木偶,而不是真正会说话的人。现在他们又有新游戏可玩了:盯着那些叽里咕噜的外国人,猜他们到底在说什么。

不光说话听不懂,那些人的样子也太好笑了。他们昂首阔步,摆出一副国王的派头,彼此却争吵不休。他们抽着细长的黑色雪茄,蓝色烟雾环绕着头上的大帽子,就像个不断冒烟的香炉。

突然,人群骚动起来,所有人都盯着一个方向看:纵帆船上的全体船员抬着两个巨大的座秤,步履维艰地爬到台子上。这两个座秤实在太沉了,船员们有好几次都失去了平衡,跟跟跄跄地搬着秤向一边歪去。

人群中有不少女士,大多是些老太太。其中有几个长得干瘪瘦小，跟猴子似的。多数都很胖，而且有一个胖得出奇——人们对她显得格外尊敬，可能因为她长着胡子吧。这位太太是治安官的妻子，有一个响亮的名号，叫"桑塔露琪亚杰出的大法官夫人"。她有一把结实而宽大的摇椅，由一个斜眼的矮个子黑人背过来，放在人群的正中央，正对着卖场。她大模大样地往上一坐，黑人赶紧站到后面，撑开了一把紫色的丝制遮阳伞。

毫无疑问，她成了画面中最醒目的部分。

这位胖夫人有一副浑厚的女低音，穿透力特别强。她老是又说又笑，只要她一开口，每个人都听得清清楚楚，不管身边有多少人在说话。

孩子们已经恢复了常态，把什么文明礼仪都抛到爪哇国去了。他们东一头西一头地从人群中钻过去，挤到了胖夫人的宝座旁边。

船长似乎不会说西班牙语，要不然就是假装不会说，反正整个拍卖都交给大副负责。大副登上台子，似乎对自己的能力颇有信心，踌躇满志地宣布拍卖开始。

然而，拍卖是一门高深的艺术，主持拍卖比用外语写诗还难。主持人要有一流的口才再加上十八般武艺：要善于煽动观众、取悦观众、管住观众、诱导观众；要让他们心无旁骛，就像信徒喋喋不休地喊"阿门"一样，不停地喊出报价；要让他们忘了货物的真实价值（甚至连货物是什么都不必在意），全身心地投入竞价中，以坚持到最后为荣。

大副在拍卖方面受到过良好的熏陶，虽然他生在维也纳，但是曾经在威尔士住过——那可是拍卖之国。要是用威尔士语、英语，或是他的母语德语来拍卖，他都能应对自如，可是用西班牙语拍卖，他就有点捉襟见肘了。喊了半天，观众还是没有动心，眼光依旧挑剔，出价依旧低得可怜。

语言障碍已经够让他头疼了，偏偏胖夫人又来添乱。她坐在宝座上，大声讲着笑话，观众的注意力本来就不够集中，又被她压倒一切的大嗓门分走了一半。

拍卖第三批咖啡时，有人甚至吵了起来，污言秽语不绝于耳。孩子们第一次见到成年人这么粗鲁无礼，心里反感极了。船长负责过秤，他有个习惯，就是读数时弯腰趴在秤上。因为他眼睛近视，只有凑近些才能看清秤上的数字。可是买主不高兴了，嘴里不干不净地说起闲话来。

船长感觉受到了屈辱，捏紧拳头，用丹麦语回敬了几句。那些人则合起伙来，用西班牙语骂他，而且越骂越难听。盛怒之下，船长拂袖而去。其实拍卖根本不用他参加，只是大伙儿出于好心，觉得应该给他找点事做。

谁来过秤才公平无私呢？有人提议从买主中选一个，但气呼呼的大副坚决不同意。

这时，胖夫人的摇椅似乎发生了地震，一阵剧烈的晃动之后，她总算气喘吁吁地站了起来。她一把抓住约翰的肩膀，推着他走到座秤前面，然后满脸慧黠、声如洪钟地宣布了一项决定——让他来过秤。

众人对这个结果都很满意。约翰弄明白她的意思后，脸一下子更红了，恨不得插翅逃走。其他的孩子却看着他，心里羡慕死了。

"我也来帮忙行吗？"蕾切尔尖声尖气地叫道。

焦头烂额的大副终于看见了一线曙光。趁着约翰在学习怎么过秤，他把其他的孩子召集起来，从杂七杂八的衣服堆里挑了几件给他们披上，把他们打扮得怪模怪样，然后让他们拿着样品到处展示。拍卖重新开始。

现在，拍卖不像拍卖，倒像是教区集市。连教区牧师也来了——要是在英格兰，他肯定会把胡子刮得更干净些，也不会露出这么狡猾的表情。不过,不管怎么说,他也是为数不多的买主之一。

孩子们玩得开心极了。他们兴高采烈,又扭又跳,装腔作势地扮演着商人角色,还不时地互相拽着头巾取笑几句。可惜观众都是拉丁人,不是北欧人,他们这些孩子气的小把戏根本引不起大家的兴趣。拍卖一点都不见成效。

只有一个人例外,就是那位显赫的胖夫人。孩子们引起了她的注意,或者说她自己注意到了孩子们。她对爱德华特别感兴趣,只见她像舞台剧里的母亲一样,动作夸张地把爱德华拉到怀里,用她毛茸茸的嘴巴在他脸上响亮地连吻三下。

爱德华就像被大蟒蛇缠住了,丝毫动弹不得。这个长相奇特的女人把他吓坏了,她看上去确实像一条大蟒蛇。他禁锢在胖夫人怀里,浑身发软,脑子虽然清醒,却想不出逃脱的办法。

买卖仍在继续。大副的嗓门早已被嘈杂声湮没了,胖夫人却仍在妙语连珠,她的声音占据了绝对的优势。她突然记起爱德华,就拉过来没头没脑地亲上几口,过后很快就把他忘在脑后。过了一会儿,她突然又想起爱德华,于是再次把他抱起来。再后来,她停止了说俏皮话,也不再搭理爱德华,而是风风火火转身冲进了人群中。大副被她气得七窍生烟,眼睁睁地看着许多货物以不到十分之一的价格成交,更有甚者,有的货物根本就无人问津。

琼森船长似乎有法子让冷了场的集市热闹起来。他跑到船上去兑了几升饮料,这种饮料在酒界有个诨名,叫作"刽子手之血",是用朗姆酒、杜松子酒、白兰地和黑啤酒勾兑而成。"刽子手之血"看上去像啤酒,似乎没什么烈度,喝起来口感也很清爽,但它的作用绝不是解渴。这种酒让人越喝越口干舌燥,一旦有了醉意,理智很快就会土崩瓦解。

他把酒倒在杯子里,对众人声称这是一种知名的英格兰饮料,然后让孩子们在人群中分发。

当地人顿时兴奋起来，显然，他们对酒比对竹芋的样品更感兴趣。孩子们觉得自己比刚才受欢迎了，因此忙得更加起劲。他们就像洛可可①绘画中的少年酒司，在人群中跑来跑去，谁想尝尝迷魂汤，他们就殷勤地送上一杯。

大副喝了一口之后，绝望地抹了抹嘴巴：

"哦，你这个傻瓜！"他呻吟道。

船长对自己的花招甚感得意，他不停地搓着手，又是咧嘴又是挤眼。

"会让他们活跃起来的，对吧？"

"等着瞧吧，"大副气得只会说一句话，"等着瞧吧！"

"快看爱德华！"艾米莉抽空对玛格丽特说，"太恶心了！"

确实让人恶心。胖夫人喝了一杯酒后，变得更加慈爱有加。爱德华完全落入她的掌控，而且似乎被迷惑住了。他坐在胖夫人膝头，凝视着她小小的黑眼珠，自己大大的棕色眼睛里闪烁着脉脉温情。他躲避着胖夫人的唇髭，这倒不假，可他反过来自己凑到胖夫人脸颊上吻个不停。两个人语言不通，自然没法说话，可是他们真情流露，就像母子一般！"即使施加暴力，天性也不能被扼杀……"（摘自罗伯特·格拉夫的诗作《万寿菊》，该诗有"野火烧不尽，春风吹又生"之意。）不过，眼前的情景真让人忍不住想用暴力去扼杀爱德华的恋母天性。

其他人的反应果然不出大副所料，酒精不但没使他们振奋，反而让他们最后的一点注意力也涣散了。大副彻底绝望了，垂头丧气地离开了卖场。人们早已把拍卖忘到了九霄云外，把卖场当成了酒馆，三五成群地聊起天来。大副赌气地回到船上，躲进了自己的舱室——

---

① 洛可可（rococo），18世纪欧洲的绘画风格，非常讲究形式美，有很多神话题材的作品。

琼森自己酿的苦酒，让他自己品尝吧。

唉！琼森船长天生不是做主持的料，他根本控制不了局面。他想出来的唯一办法就是继续倒酒。

孩子们目不转睛地看着眼前的场景：人们喝醉之后，性情变得大不一样，原有的气氛像冰雪融化般地瓦解了。虽然孩子们听不懂别人说话，但他们东看西瞧，只觉得大开眼界。

整个人群就像在水里泡过，虽然身体还在，但里面的某种物质被水溶解掉了。他们语气变了，语速慢了，手脚也不那么麻利了。他们的表情更为坦率，不过却更像面具了。他们不再遮遮掩掩，也没什么好遮掩的了。有两个人打了起来，不过有气无力的，就像舞台表演。人们的交谈起初还算有始有终，现在却变得杂乱无章起来。女士们在一旁笑个不停。

一位衣着华贵的老先生往脏兮兮的泥地上一躺，脑袋正好钻到胖夫人的阳伞底下；他拿块手帕盖在脸上，然后呼呼睡去。三个中年男人各自伸出一只手握在一起，另外一只手挥来挥去地做着手势；他们唾沫横飞地说个不停，一个个语无伦次、拖着长腔，像几台老旧的发动机。

一条狗摇头摆尾地在人群中乱钻，也没人顾得上踢它一脚。不一会儿，它发现了那个躺在地上的老先生，急忙乐颠颠地过去舔他的耳朵——这可是千载难逢的好机会。

胖夫人也睡着了，而且睡相很不老实，要不是那个黑人在一边扶着，她早就从摇椅中滑下来了。爱德华从她身上下来，去找别的孩子，表情显得很不自然，但是大家都不理他。

琼森船长心里困惑：大家现在情绪高涨，为什么奥托（大副）却离开了呢？他一定有自己的理由——这个家伙有点不可捉摸，不过绝对是个聪明人。

说实话，琼森自己的酒量并不怎么样，平时很少喝酒，所以对酒精的效果也不太了解。观众到底是振奋还是迷糊，他根本搞不清楚。

　　他迈着惯常那种慢腾腾的步伐，在积满灰尘的码头上踱步，脑袋耷拉在胸前，两手下意识地绞来绞去，喉咙里还不时地呜咽两声。牧师见有机可乘，就悄悄向他走过来，给剩下的全部货物出了个价。船长好像没反应过来，一言不发地摇了摇头，接着又继续踱步。

　　整个场景弥漫着一种噩梦般的气氛，把孩子们包围在其中，让他们有些害怕。经历了一番挣扎之后，玛格丽特率先清醒过来："咱们回船上去吧。"

　　回到船上，孩子们还是感觉不踏实，于是就钻进船舱里——这是船上最安全的地方，毕竟他们在此睡过一夜了。他们坐在船的龙骨上，不说话也不动弹，起初还有点隐隐的不安，后来就只剩下无聊了。

　　"唉，我要是带着颜料盒就好了！"艾米莉把头耷拉在两腿间，没精打采地叹了口气。

2

晚上，孩子们躺下之后，迷迷糊糊地看见舱口有个灯笼在晃来晃去。那是何塞，就是那个爱打嗝的水手。孩子们觉得何塞是船上最好的人。现在，他正一边笑一边朝他们招手。

艾米莉已经困得不想动了，劳拉和蕾切尔也没了精神。于是，她们几个躺着没动，其他人——玛格丽特、爱德华、约翰——爬到了甲板上。

四周静悄悄的，有种神秘的感觉。除何塞之外，其他水手都不见踪影。村镇在明亮的星光下显得异常漂亮，教堂旁边有几座大房子，其中一座传出了隐隐的音乐声。何塞带领他们下了船，向那座房子走去。他蹑手蹑脚地靠近百叶窗，同时挥手示意孩子们跟上。

灯光照在何塞脸上，令他好看了不少。房子里的富丽堂皇令他目瞪口呆。

孩子们扒着窗台朝里看，全然不顾蚊虫在自己脖子上狂轰滥炸。

房子太豪华了。这是治安官的家，里面正举办宴会，船长和大副被奉为上宾。治安官穿着制服坐在桌首，看上去浑身僵硬，不过，最硬的还要数他那撮小胡子。他的尊贵体现为因循守旧，永远像个木头人似的岿然不动。治安官的妻子坐在对面，与丈夫形成了鲜明对照——她就是那位把爱德华疼爱了一番的胖夫人。夫人比先生醒目得多，不过不是因为尊贵，而是因为肥胖和粗鲁。她体态超重，举止却毫不稳重，两者相得益彰，让人叹为观止。

孩子们到达窗口的时候，她肯定在评论自己的肚子来着。只见她一把抓住大副的手，按到了自己肚子上，不管大副愿不愿意，似乎都要让他亲手验证一下。大副窘得不知如何是好。

她丈夫一眼都没看她，仆人们也视而不见——真是位了不起的夫人啊。

胖夫人虽然引人注目，但琼森船长的心思大都放在了食物上。这顿晚餐真是太丰盛了，桌上摆得琳琅满目，有番茄汤、胭脂鱼、小龙虾、大鲷鱼、螃蟹、米饭、炸鸡、嫩火鸡、羊肉块、烤野鸭、牛排、猪排、熏鸽、甜薯、番石榴、香草、红酒，还有一大盘奶酪。

这么一大桌美食，真不知何时才能吃光。

琼森船长跟胖夫人交谈得甚是融洽。他似乎在提什么建议，而胖夫人虽然拒绝了，却仍不失友好。至于到底在说什么，孩子们自然是听不见的。其实，话题恰恰跟孩子们有关。突然有一群孩子需要照料，琼森有点手足无措，他觉得最妥当的办法就是把他们留在桑塔露琪亚，由胖夫人负责看管。可惜，胖夫人是个顾左右而言他的老手，直到晚宴结束，琼森船长也没说成任何事情。

晚宴结束后，舞会就开始了。不过孩子们并没有等到这一刻，他们很快就厌倦了，于是何塞领着他们蹑手蹑脚地离开，向码头旁边的后街走去。不一会儿，他们来到一扇门前。这扇门位于一段楼梯的末端,看上去神神秘秘的,有个黑人在站岗。这个岗哨好像不太管事,何塞带着孩子们径自拾级而上,他也没有阻拦。

楼梯上面是一个大房间,里面人头攒动,挤得密不透风。大多数是黑人,还有几个邋里邋遢的白人,孩子们发现大部分船员都在这里。房间的尽头是个非常简陋的舞台,上面有一个摇篮,还有一条末端拴着一颗大星星的绳子在晃来晃去。台上似乎要演耶稣诞生剧,可是现在离圣诞节还远着呢。原来,牧师趁着船长和大副到治安官家赴宴,把船员们全都请到这里来了。

牧师为大家安排了耶稣诞生剧的演出,而且真的拉来一头母牛①。

船员们提前一个小时就来了,为的是看母牛入场。孩子们来得正是时候,好戏刚刚开始。

这个房间是在一个仓库楼上。可能是虚荣心作祟,这个仓库盖成了英格兰风格,有好几层楼高。楼上的库门朝外洞开,上方有横梁和滑轮设备,过去,一担担的金砂和竹芋等货物就是用滑轮吊着收进库房的。现在,桑塔露琪亚的大部分仓库都已废弃不用了,这一个也不例外。

今天,大家给闲置多日的滑轮重新系上绳子,系了一个马兜,准备把牧师家那头哞哞乱叫的老母牛给拉到楼上。

玛格丽特和爱德华有点害怕,远远地待在楼梯口不敢上前。约翰却像鼹鼠打洞似的一个劲往前挤,一直挤到洞开的库门口,睁大眼睛看着人们把牛拉上来。黑暗中看不清绳子,只觉得牛是在凌空打转。每次牛把尾巴转向门口时,就有一个黑人冒着失去重心的危险探出身去,想把它拉进来。

---

① 按照基督教的说法,圣子耶稣基督是诞生在马厩里的,身边有马、牛、驴等动物。

约翰看得兴奋极了，半个身子都探到了门外。突然，他失去了重心，毫无防备地一头栽下去，径直摔到了四十英尺以下的地面。

何塞惊呼一声，纵身跳上牛背，迅速滑落到地面。当时还没发明电影，不过这个动作特别像电影镜头。何塞的样子很滑稽，但他心里一点都不轻松。他一个老水手，怎么担得起这么大的责任？下面的众人都傻眼了，谁也没去碰约翰。何塞落下来，抱起他使劲摇晃。可惜没用了，约翰的脖子完全断了。

玛格丽特和爱德华不知道发生了什么事，他们根本没看见约翰掉下去。所以当两个水手走过来催他俩回去时，他俩都很不高兴。他们想知道约翰在哪里，更想知道何塞在哪里，还有为什么要赶他们走。不过由于语言不通，没办法提问，他们俩只好老大不情愿地回去了。

就在快上船的时候，他们听到左边传来一声巨响，就像突然开了一炮。循着声音望过去，小镇依然静谧，白房子在夜空中闪着银光，可是棕榈林后面的山里冒出来一个大火球，正飞速向小镇方向移动。火球几乎贴着地面飞行，一眨眼就到了教堂后面，在它飞过之处留下了一条长尾巴，闪耀着明亮的蓝、绿、紫三色光。火球在教堂后面盘旋了一会儿，突然炸开了，空气中顿时弥漫着硫黄的气味。

他们都吓坏了，那几个水手比孩子们还要害怕，大家一窝蜂地冲回了船上。

后半夜，爱德华在睡梦中叫艾米莉的名字，艾米莉醒了过来："什么事？"

"真的是在抓牛吗？"爱德华问道，眼睛仍然紧闭。

"什么？"

爱德华没有回答，于是艾米莉叫醒了他，但不知道他是否真的醒了。

"我就想看看你是不是真能抓住牛。"他温和地说道,说完又沉沉睡去。

第二天早上,他们都觉得昨晚的事像一场梦,可是约翰的床的确空着,真是令人疑惑。

大家似乎都预感到了什么,谁也没问他为什么不在。没人问玛格丽特发生了什么事,玛格丽特也一声不吭。从那时起,孩子们再也没提及约翰的名字,即使你跟他们成为密友,也永远不会知道曾经有另一个孩子存在过。

3

纵帆船载着孩子们重新起航。孩子们唯一的敌人是那头大白猪。船上还有另一头小猪，是黑色的。

大白猪从来都不会自己拿主意，连睡觉的地方都选不好。它老是跟在别人屁股后面，人家选定的地方它就认为是最好的，然后冲过来把人家挤走。要知道，风平浪静时船上很难找到阴凉的地方，风大时找块干燥的地方也不容易，所以它老抢别人的地盘，实在是太讨厌了。可是你躺下之后，根本就挤不过这头大猪。

小黑猪其实也挺讨厌，不过那是因为它太过热情了。它从来不肯自己待着，老爱靠在孩子们身上。它似乎不愿跟没有生命的东西躺在一起。

只要你看好了落脚点，就可以乘小船登上圣安东尼奥海角的北沙滩。穿过树林走五十码远，有几英亩[①]开阔地，走过去就会发现一片矮树丛，树丛尽头到处是尖耸的珊瑚岩，中间有两口水井，其中靠北边

---

① 1英亩约6.07亩。

的那口特别好。

一天早上,由于没有风,船被迫停在了红树礁。琼森派人乘小船去打水。

热浪逼人,悬垂的绳子纹丝不动,船帆没精打采地耷拉着,就像石雕像身上的衣服一样僵硬。遮阳篷的铁柱能把人的手烫起泡来。甲板上凡是遮盖不到的地方,融化的沥青就会从接缝处溢出来。孩子们躺在仅有的一小块阴凉中,热得呼哧呼哧地直喘气,小黑猪哼哼着挤来挤去,最后总算在某个柔软的肚子上躺下了。

大白猪还没有找到这里。

寂静的岸上偶尔传来几声枪响,这是打水的几个船员在猎鸽子。水面光滑得像一大片水银,没有一丝波纹。船上的柱子与水里的倒影连成一条直线,分不出哪是真的,哪是假的,直到鹈鹕漫不经心地游过来把影子冲散。水手们坐在遮阳篷底下缝补船帆,动作慢条斯理。只有一个黑人不怕热,正骑跨在船头斜桅上,龇牙咧嘴地欣赏自己倒影中的微笑。他的肩头闪着彩虹般的光芒——在烈日的光照下,黑人也不黑了。

艾米莉想约翰想得难受,小黑猪把头拱到她腋窝里,满意地打着呼噜。

打水的小船回来了。他们斩获了不少猎物,除鸽子和地螃蟹外,还有从某户渔民家偷来的一只山羊。

就在他们上船时,大白猪发现了遮阳篷下的这伙人,准备冲过来挤占地盘。可是舷墙旁边的山羊机警地跳起来,毫不犹豫地低下头向大白猪顶去。山羊狠狠地撞上猪的肋部,顿时把它的气焰打消了一半。

一猪一羊激烈地开战了。山羊低着头猛冲猛顶,肥猪尖叫着去挤撞山羊。每次山羊冲过来,猪就会发出屠宰场上那种没命的叫声;等山羊后退时，猪就会步步紧逼。山羊那把老爷爷似的胡子飘了起来，两眼通红，短尾巴就像吃奶的羊羔一样急切地摆来摆去。它灵活地左蹦又跳，可是活动范围越来越小——猪已经把它逼到了船舷边上。

突然间，大白猪发出一声骇人的吼叫，它也被自己的骁勇震惊了。只见它猛地跳起来，把山羊挤到绞盘上，接着扑上去又咬又踩。

山羊倒也识时务，赶紧向船尾逃去。孩子们决定要永远爱护这只山羊，它竟敢跟凶蛮的大猪对抗，真是太英勇了！

不过这头猪也不是全无人性。就在同一天下午，它躺在舱盖上吃香蕉，船员们养的猴子抓着绳子在它头上晃荡。突然，猴子看见了美食，使劲荡起绳子从猪的两蹄前掠过，把香蕉抢走了。你肯定想不到，那张死气沉沉的猪脸居然会露出如此生动的表情——震惊、沮丧、伤感，像个可怜巴巴的孩子。

第五章

1

当暴徒终于遭受挫折时,那么它离末日也就不远了。

第二天早上,港湾内刮起了些许微风,帆船侧着船身慢慢地去捕捉风向。大副在掌舵,就像很多舵手一样,他也习惯把身体重心左右摇摆,装出一副很用力的样子,仿佛舵轮很难控制似的。爱德华在舱顶上教船长的猎狗学作揖,大副突然喊着让他抓紧什么东西。

"为什么?"爱德华问道。

"快抓紧!"大副又喊了一声,接着猛地一转舵轮,船就进入了风中。

只听呼的一声,船帆鼓了起来。一阵狂风灌进爱德华的鼻孔,他觉得鼻子都被刮掉了。他死死地抓住天窗,猎狗却被风吹得滑来滑去,慌乱间摔到了甲板上,一个水手眼明手快地冲过来,一脚把它踢进舱内。但是大白猪就没这么幸运了,它当时在甲板上散步,结果被风吹了下去。它那猪嘴在水面上起伏了几下,很快就消失不见了。看来它命该如此，昨天山羊和猴子与它之间的冲突就是一个预兆。同时被吹走的还有几个鸡笼、三件晾着的衬衫，最不可思议的是还有一个磨盘！

船长乱蓬蓬的棕色脑袋从舱底钻上来，嘴里骂着大副，好像是大副把他的苹果筐打翻了。船长连鞋都没穿，脚下踩着灰色的羊毛袜，裤带耷拉在背后。

大副怒气冲冲地吼道："快下去！我能处理！"

船长根本不听他的，穿着袜子跑过去抢过了舵轮。大副的脸涨成了砖红色，在旁边来回转悠好几趟，最后气呼呼地下楼回舱，关上了门。

一会儿工夫，海风掀起了一排大浪。很快，浪尖塌下去，水面又恢复了平静。海水的颜色黯黑，只有浪头过后留下一些亮闪闪的白沫。

"去拿我的靴子来！"琼森冲爱德华嚷道。

爱德华敏捷地爬下扶梯。他觉得太神圣了，这可是他第一次执行海上任务，而且是紧急任务！一会儿，他两手各举着一只鞋跑上来，结果脚下一个跟跄，连人带鞋摔在了船长脚下。船长笑眯眯地说："不要用两只手拿东西。"

"为什么？"爱德华问道。

"要空着一只手，随时抓住东西保持平衡。"

停顿了一下。

"总有一天我会教给你们生活的三大准则。"他沉思着摇了摇头，"这些准则都很有用，不过现在不行，你们太小了。"

"为什么不行？"爱德华问，"要等到多大呢？"

船长思索着，把那些准则在脑海中过了一遍。

"等你们分得清上风和下风时，我就把第一条准则教给你们。"

爱德华边走边想，我现在就去把它弄清楚。

风渐渐小起来，开始变得好玩了，帆船懒洋洋地侧身漂在水上，像赛马似的兜着圈子。水手们兴高采烈地开着木匠的玩笑，硬说是他把磨盘扔下去的，为的是给大白猪当救生圈。

孩子们也显得兴高采烈，前几天的拘谨一扫而空。船既然侧着身子打转，他们就拿湿漉漉的甲板当成了滑梯，足足滑了半个小时。他们坐下来从高起的迎风面向背风面滑下去，一直滑到与水面齐平的排水孔，然后手脚并用地爬到上面的船舷边，坐下来再滑一遍。

在这半个小时里，掌舵的琼森船长始终一言不发。最后，他终于忍不住了：

"喂，你们几个，不许玩了！"

孩子们如梦初醒，吃惊地看着他。

孩子们与大人之间的关系，有一个伊甸园般的美好阶段，就是从初次相识到首次挨骂。一旦骂开了口，关系就被破坏，再也回不到从前了。

刚才，琼森开口责骂了他们。

他好像还不满足，继续大吼大叫：

"别玩了！听见吗？别玩了！"

其实，孩子们已经停下不玩了。

从孩子们上船以来，琼森觉得自己无端背上了一个包袱。他多日积攒的怨气终于爆发了：

"如果你们把内裤磨出洞来，你以为我会给你们补吗？——上帝啊[①]！你们以为我是什么人，啊？你们以为这是艘什么船？你们以为我们是干什么的？给你们补内裤，啊？给你们……补……内裤吗？"

[①] 原文为德语 Lieber Gott，琼森情急之下，用母语喊起了上帝。

他停了一会儿，孩子们呆呆地站着。

可他还没说完：

"你们让我上哪儿去给你们弄新内裤，啊？"他怒气冲冲地吼道，最后又无礼地加了一句，"我绝不允许你们光着屁股在我的船上晃悠！懂吗？"

孩子们气得满脸通红，连眼睛也红了。他们退到船头上，不敢相信人的嘴巴居然会吐出这么难听的字眼。他们故作欢快地大声说话，但显然是欲盖弥彰。总之，一整天的好心情都被他骂跑了。

就这样，孩子们心头笼罩了一个阴影。他们开始隐隐地意识到，这一切都不是原来的计划，他们在这艘船上是个累赘。于是，他们像一群看主人脸色的不速之客，举止变得小心翼翼。

整个下午琼森一直掌舵。他没再说话，脸上不时露出痛苦的表情。大副刮了胡子，穿上整齐的陆地套装，来到甲板上。他假装没看见船长，像个旅客似的，迈着悠闲的步子来到孩子们身边，跟他们聊了起来。

"如果天不好时就不让我掌舵，那么天好时我也不掌了！"他看都不看琼森，嘟囔道，"让他从早到晚自己掌舵好了，看我还帮他！"

船长也不看大副。他似乎准备好独自掌舵，直到抵达英国。

"如果大风来时是他在掌舵，船早就翻了！"大副小声却很激动地说，"他的眼神还不如一条鱼呢！他自己心里有数，这就是他变成海盗的原因！"

孩子们没有应声。在孩子的心目中，大人都是很威严的。大副如此吐露心声使得他们很诧异。他们知道耶稣会变容，但那是变出神圣的容光；大副的变容却恰恰相反。他们一点都不想待在这里。大副只顾自己生气，完全没发现孩子们的不安，没注意到他们躲闪着不敢跟他对视。

"快看,那儿有艘汽轮!"玛格丽特叫道。她的声音里透着惊喜——总算找到了一个新的话题。

大副对汽轮怒目而视。

"哼,汽轮,它们的出现意味着我们的末日。"他说,"汽轮越来越多,很快就要用来当军舰了。到时候我们可怎么办?没有汽轮就已经够糟的了。"

他显得有点心不在焉,似乎一边说着话,一边在脑子里想着别的事情。

不过他还是说了下去:"你们听说过第一艘汽轮在帕里亚湾下水的事吗?"

"没有,什么事?"玛格丽特假装热心地问,连礼貌用语都忘了加。

"那艘船是在克莱德河上建造的,起初只在河里行驶——那时候人们还没想过乘汽轮进行远洋航行。造船公司想搞点噱头来引起人们对汽轮的注意,所以初次下水时请了很多大人物来乘坐。特立尼达国会的成员都来了,总督也带着部下大驾光临,甚至还来了一位主教。最后就是主教耍了那个把戏。"

他突然不说了,斜眼看着船长,想弄明白自己刚才的气话把船长气成什么样子了。

"什么把戏?"玛格丽特问。

"使他们搁浅了。"

"可他们干吗让他掌舵?"爱德华不解地问,"他们应该知道他不会啊!"

"爱德华!你怎么能这样粗鲁地说一个主教!"蕾切尔责备道。

"不,孩子,他没有让汽轮搁浅。"大副回答道,"他搁浅的是一艘过路的海盗船。当时那艘船正顺着北风驶向博卡格兰德。"

"天哪，"爱德华问道，"他怎么办到的？"

"那些人都是第一次乘汽轮，结果都晕船了，因为汽轮颠簸摇晃的方式跟正经的帆船不一样。没人敢待在甲板上，只有主教例外——他似乎挺兴奋的。可怜的海盗，在船头上看见一艘没有帆的怪船逆风驶来，船中间冒着烟，滚滚浓烟中赫然站着一位主教！蒸汽带动两排船桨飞速划动，把海水搅得天翻地覆，好像一头耳朵里生了水蚤的鲸鱼在打滚。海盗给吓坏了，匆匆把船搁浅在岸边，向树林逃去。此后这艘海盗船再也没下过海，海盗也改行种椰子了。当时有一个海盗匆忙中摔了一跤，把腿摔折了。汽轮上的人赶紧过去救他，可他看见主教走近时，歇斯底里地大喊起来：'魔鬼，魔鬼！'"

"哦——啊！"蕾切尔紧张地倒吸一口冷气。

"这家伙真傻。"爱德华说。

"我看不见得！"大副道，"他说的其实没错！从那时起，他们就开始联手扼杀我们。汽轮和教会，哼！蒸汽，布道；布道，蒸汽……真是够邪门的。"他顿了顿，突然对自己的话题感兴趣了，"汽轮和教会有什么共同点呢？你们肯定说没有，甚至觉得他们应该狗咬狗才对。可是，他们居然成了一丘之貉，臭味相投……唉，奥登教长的年代一去不返了！"

"谁是奥登教长？"玛格丽特凑趣地问道。

"牧师就该像他那样。了不起的人！当时他是罗索[①]的教区牧师长。不过，那是很久以前的事了。"

"喂！你来掌舵，我要休息一会儿。"船长粗哑地喊道。

"我记不清是多久以前了，"大副继续讲下去，故意提高了声音，听上去有点得意扬扬，"至少四十年了。"

[①] 罗索（Roseau），多米尼加联邦首都，位于西印度群岛的向风群岛上。

他讲起了著名的奥登教长的故事：据同时代的人讲，他是当时最棒的牧师，也是个可怜的人。他仪表堂堂，性情温和，举止庄重。除了靠教会津贴为生，他还经营着一艘小小的海盗船。

"喂，奥托！"琼森叫道。

大副不理他，长篇大论地讲起了牧师的悲惨故事：先是他的海盗船被黑吃黑——当时他们正贩卖一批黑奴去瓜德罗普岛，半路遇上了一艘来自尼维斯岛的海盗船。后来牧师跑到尼维斯岛，把对方头目的名字贴在法庭门口，拿着上膛的枪支在那里守了三天，等着对方来向他挑战。

"啊？是要决斗吗？"哈里问道。

"可他不是个神职人员吗？"艾米莉问。

虽然是神职人员，牧师对决斗却很在行。大副说，牧师一生和人决斗过十三次。有一次，他需要装子弹，就径自走到对手面前说"好心人，我需要时间装点东西"。然后一拳把那家伙揍倒在地。

不管怎么说，敌人被制服了。他重新置办了一艘纵帆船，只要不是礼拜日就亲自带队出海。他下手抢劫的第一个目标是一艘普通的西班牙商船，可是这艘商船突然露出十四门隐藏的火炮，结果牧师不得不举手投降。水手们全被杀死了，只有牧师和木匠整晚躲在水桶后面，逃过了一劫。

"我真不明白。"玛格丽特说，"他是个海盗吗？"

"那当然了！"奥托大副回答道。

"那你为什么又说他是牧师？"艾米莉还是不明白。

大副也被她问糊涂了："他确实是罗索的教区牧师长啊。他还有神学学位呢，是学士还是硕士来着？反正他一直担任教长，直到新任总督听信了别人的谗言，逼迫他辞职。要不是这些小人之言，他早晚会当上主教的！"

"奥托!"船长用哄劝的口吻叫道,"过来,我有事情对你说。"

不过大副得理不饶人,继续充耳不闻。他关于奥登教长的故事还有一箩筐呢:后来他转行经商,载着一船玉米去圣多明戈,然后定居在那里。他向两名黑人将领挑战,在决斗中把两个人都杀死了。地方长官说他只要杀了这两个人,就送他上绞刑架。牧师对当地医生起死回生的本领不太信服,所以连夜乘小船逃向荷属圣尤斯特歇斯。那里的居民信奉各种宗教,但是一个牧师都没有,奥登神父只好身兼数职——早上先为天主教徒主持弥撒,再用荷兰语为路德教徒布道,然后去主持英格兰国教徒的晨祷;晚上还要带着卫理公会的教徒唱圣歌,对他们进行"地狱之火"的讲道。他的妻子喜欢过平静的生活,一直住在英国的布里斯托港,所以他在岛上娶了一个荷兰寡妇,婚礼是他自己主持的。

"我真的不明白!"艾米莉绝望地叫了起来,"他真的是个神职人员吗?"

"当然不是。"玛格丽特道。

"他如果不是的话,就不能为自己主持婚礼了,对吗?"爱德华显然不同意。

大副叹了口气。

"可惜英格兰国教今非昔比了。"他说,"现在,他们跟我们对着干。"

"我觉得他不是神职人员,真的!"蕾切尔慢吞吞地表态了,听上去义愤填膺,"他是个邪恶的家伙!"

"他是个很有威望的人,"大副厉声反驳,"一位神奇的牧师!当罗索人听说他成了圣尤斯特歇斯的牧师时,他们懊悔极了!"

琼森船长扔下舵轮走过来,神色苦恼,看上去可怜巴巴的。

"奥托，亲爱的①。"说着，他伸出粗壮的胳膊搂住了大副的脖子。两个人不再斗气，一起向船舱走去。一个水手自动从船尾走过来，操起了舵轮。

十分钟后，大副又来到甲板上，把孩子们叫过来：

"船长跟你们说什么了？冲你们发火了，是吗？"

孩子们惶恐不安，不知如何回答。大副明白了。

"你们不要放在心上。"他说，"他老是发火，发完就后悔，后悔得要命！"

孩子们吃惊地望着大副：他到底想说什么？

大副还以为已经解释清楚了，转身又回了船舱。

此后几个小时，他们一直听到天窗下面传来咕嘟咕嘟的声音，似乎船长和大副在船舱里喝酒。傍晚时分，风渐渐平息，几乎停了下来。舵手说船长和大副都睡着了，两个人枕着对方的肩膀，趴在桌子上。舵手早就忘了航线，一直在跟着风向走，现在风停了，他觉得自己也没必要掌舵了。

船长和大副和好了，水手们决定好好庆祝一下，船就让它无人驾驶好了。

他们打开了一桶朗姆酒，很快就跟船长和大副一样，喝得人事不知了。

唉，这真是孩子们过得最糟糕的一天。

黎明时分，船员们还是晕头转向，纵帆船在水上漫无目的地漂着。琼森脚步踉跄地爬上甲板，只觉得头疼欲裂，脑子里昏昏沉沉的。四下看了看，太阳已经升起来了，像一盏孤零零的探照灯，周围

---

① 原文为德语：Mein Schatz。

什么都没有。看不到陆地的影子,只有天接水,水连天,苍茫一片。琼森转着脖子朝四周看了又看,总算看见了一艘船,似乎是从天上飘下来的,但是距离并不远。

有好一会儿,琼森似乎都忘了海盗船长看见帆船后应该作何反应,他还没有清醒过来,不愿让自己的脑子去费这么大劲。但是很快他就明白过来——应该去追踪。

"追!"他冲着清早的空气大喊一声,然后回舱叫醒了大副,大副又去唤醒了船员们。

谁也不知道这是在哪里,也不知道追踪的目标是一艘什么样的船。现在大家的脑子都顾不上想这么复杂的问题。太阳越升越高,风也突然大了,他们把帆调整了一下,向猎物追去。

过了一两个小时,晨雾慢慢地散开,他们看清了猎物是一艘双桅商船,船身吃水较浅,行进很快。水手们迷迷糊糊的,帆也没怎么调整好,所以追起来很吃力。琼森趿拉着鞋子在甲板上快速走动,在忙碌的船员之间往返穿梭。他激动地抱着胳膊,脑子里构思着巧妙的劫掠方案。追踪一直在继续,可是直到中午,两条船之间的距离也没怎么缩小。琼森只顾兴冲冲地幻想,根本没发现这个问题。

海盗船追踪猎物时往往会在船后拖一根粗桅杆,或者是别的重物,用来做限速装置。前面的船看见海盗升起了全部的帆,以为他们已在全速追赶,难免会放松警惕。夜晚来临时,海盗悄悄地把重木收起来,突然加速赶上,打他们一个措手不及。

这次他们并没有用这一招,原因有好几个:首先,他们不限速都未必赶得上人家,更不用说别的了;其次,那艘双桅船根本就没加防备,一直在匀速前进,似乎没意识到自己"有幸"落入了海盗的眼中。

不管怎样,琼森船长是个善于用计的人。那天下午,他下令拴上重木制造假象。结果距离一下子拉大了,天黑时,他们又被人家抛下了好几英里。当然,这时候应该把重木收起来,准备最后冲刺了。夜色中他们看不见双桅船,只好靠指南针来追踪。天亮时,所有人都满怀希望地冲到船栏边。

可是双桅船早已不见踪影,大海光溜溜的像个鸡蛋。

他们昨天就迷路了,现在更不知身在何方。足足开出两百英里,琼森还是不知道船的方位。他这人方向感本来就不强,航位分析更是一窍不通,所以谁也别指望他能搞清楚位置。不过他本人倒不担心,反正早晚会有迹可寻的。没准很快就能发现一块熟悉的陆地,或者遇上一艘知道方位的船只。再说,他们本来就没有特定的目的地,走到哪儿算哪儿吧。

然而,他们所处的水域似乎偏离了正常航道。几天过去了,几周又过去了,他们一艘船也没碰上,连一个远远的船影都没看见。

船似乎已远离人间,不过琼森船长不以为意。他离开桑塔露琪亚时,听说克罗琳达号抵达了哈瓦那,还听说了马波尔四处宣讲的那个故事。他们船上根本就没有炮,马波尔却说有"十二门隐藏的大炮",真是笑死人。不过马波尔这个老骗子指控他杀死了孩子们,把他给气坏了——这也是他前几天发火的原因之一。要知道,孩子们上船的头几天,他连一根头发都没碰过他们,更没说过一句重话。对他来说,孩子们是些纯洁的小东西,直到他们露出贪玩的本性,他才后悔没把他们留给治安官夫人。

第六章

1

漫无目的地游荡了好几周。孩子们又一次体会到梦幻般的感觉：什么事情都没有，对海盗船变得熟悉起来，就像在克罗琳达号上，也像回到了封代尔庄园。他们已经适应了船上的生活，就像在家里一样，如果有机会的话，他们在克罗琳达号上也会这样的。

不过，艾米莉倒是遇上了一件大事。她好像突然明白了自己是谁。

谁也不知道她为什么早不开窍、晚不开窍，偏偏在那天下午开窍了。

那天，他们本来在船头的绞盘后面的角落里玩过家家，艾米莉很快就玩腻了，于是信步走到船尾。她脑子里模模糊糊地想着蜜蜂和仙后的故事，后来突然冒出了一个念头——她是她自己。

艾米莉愕然地停下脚步，低头看着自己的身体。她看不见全身，只能看到身前的一部分外衣；只有把手举到眼前时，才能看见自己的两手。但是这就足够让她对自己的身体有个大致印象了。

艾米莉嘲弄地笑了起来。"好玩，"她心想，"为什么这么多人当中，独独你被造成这样？现在你摆脱不开这副样子了，只好从小长到大，再慢慢变老，直到你被踢出生命的恶作剧！"

有了这项重大发现以后，艾米莉不希望别人打扰她的冥想，于是顺着绳梯爬上去，坐到了自己最喜欢的那根横杆上。她随意地摆摆胳膊、晃晃腿，肢体似乎随时服从她的命令。这些简单的动作让她充满了惊喜。当然了，记忆中它们一直都这样，只是她今天才发现。艾米莉越想越觉得喜出望外。

坐在横杆上，艾米莉仔细检查着手上的皮肤——这可是她自己的手啊。她把一边肩膀从衣服里露出来，低头往衣服里面看了看，确认那一部分身体是不间断的，然后用裸露的肩膀去蹭脸颊。脸与肩窝摩擦带来的温暖触觉让她陶醉不已，就像是好友的亲密拥抱。可是这种触觉是从脸上还是肩上传来，两者是谁在拥抱谁，艾米莉一点都搞不清楚。

她完全确认了一件事——她现在是艾米莉·巴斯·桑顿。她不知道自己为什么要用"现在"这个词，她以前也不是别人哪。不管怎么说，一旦确认了这件事，她就要认真考虑一下这意味着什么。

首先，世界上有这么多人，为什么她偏偏生为这个叫艾米莉的人？在这么漫长的时光中，为什么她偏偏出生在那一年？为什么她恰好生在这具讨人喜欢的小身体里？这是由谁决定的，是她自己的选择，还是上帝的旨意？

想到这里，难免会产生另一个问题：上帝是谁？她听过无数关于上帝的故事，可是上帝的身份却从来没人提及，似乎这是理所当然的。她会不会就是上帝呢？难道说她一直想回忆起来的就是这件事？可她越是努力去想，就越是想不起来。太可笑了，她居然把自己是不是上帝这重要的问题给忘了。算了，艾米莉决定先不想了，没准哪天答案自己就会蹦出来。

其次,她以前为什么没想过这些?她活了十岁多,这些想法却一次都没有进入过脑海。她就像一个人夜里十一点坐在自家扶手椅上,突然记起自己答应过别人今晚一起吃饭一样。这个人不知道自己为什么会突然想起这件事,也不知道自己为什么吃饭前没想起来。他整晚都坐在那里,怎么就没起一点疑心呢?艾米莉也一样,她成为艾米莉已经十年,怎么从来没注意到这个显而易见的事实呢?

当然了,艾米莉想这些问题时,不像我们写出来这么冗长。每个想法在头脑中都是电光火石般一闪而过,根本不是由词语组成的。在此期间,她的脑子也会不时地偷懒,要么变成一片空白,要么回想起刚才的蜜蜂和仙后。真正思考问题的时间加起来也就四五秒钟——差不多算五秒吧。可是艾米莉在这些问题上消磨掉了大半个钟头。

既然成为了艾米莉,她就必须生活在这副躯体中,用这双眼睛观察世界。(此时此刻,她可爱的躯体觉得有点痒,但是说不上来具体是哪儿痒,可能在右大腿的某一处吧。)除此之外,她还需要承担别的后果吗?

仔细想来,"成为艾米莉"就意味着一连串事情的发生:首先,艾米莉得有一个家庭,家里要有几个兄弟姐妹。以前她从未把自己和家人分开来看,现在却发现每个人都是独立的,就像自己跟这艘船一样,根本是两码事。可是不管怎样,他们被安排为一家人,所以她跟这些人已经紧紧联系在一起,就像她跟自己的躯体一样密不可分了。其次,成为艾米莉,就必须乘这艘船,进行这次航行,就要坐在这根桅杆上。想到这里,她像刚才查看自己手上的皮肤一样仔细观察起这根桅杆。如果她沿着桅杆滑下去,会发现什么?肯定是琼森、奥托,还有那群水手。她对船上的生活本来已经习以为常了,现在却隐隐约约地担忧起来——后面还会发生什么?会不会有祸事发生?会不会发生一些"作为艾米莉"必须忍受的灾难?

艾米莉突然感到一阵恐惧。有人知道这些事情吗?有没有人知道她不是别人,而是这个特定的女孩艾米莉?有没有人知道她可能就是上帝?艾米莉说不上来为什么,但这些念头确实把她吓坏了。如果有人发现她是艾米莉,那还没什么,可是万一他们发现她是上帝怎么办?她必须不惜一切地守住这个秘密。可是如果人家已经知道了,只是瞒着她(年长的辅政官不是经常瞒着年幼的君主干坏事吗?),那可怎么办?不管是哪种情况,她都必须假装自己不知道,这样才显得比他们更高明。

可是如果她是上帝的话,为什么不使出神力,把水手变成白老鼠,把玛格丽特变成瞎子,再给某人治愈疾病呢?她还有必要隐藏身份吗?她并没有问这个问题,只是出于本能觉得自己必须隐藏起来。当然还有另一个原因:万一自己的猜测是错的,使出的"神力"不奏效,那可就麻烦了。不管怎么说,艾米莉觉得最好等自己长大再宣布这件事,那时她就能更好地控制局面了。一旦宣布了自己是上帝,就不能回头了;现在还是谨慎行事,保住脑袋要紧。

成年人隐瞒真相时总是漏洞百出,最后难免会泄露出来。可孩子们不一样。天大的秘密在孩子那里都能轻而易举地藏起来,很少露出破绽。家长总是认为自己能看透孩子的心思,可是如果孩子刻意要隐瞒什么,他们永远也发现不了。因此,艾米丽毫不犹豫地决定保守这个秘密。甲板上,几个小家伙在做游戏。那儿有一大捆绳子,他们几个一起挤到绳圈里,假装睡着了,然后突然大叫着跳出来,假装惊慌失措地围着绳子蹦来蹦去。艾米莉冷冷淡淡地看着他们,仿佛在看一个万花筒。突然,哈里发现了她,大声喊了起来:

"艾——米——莉!快下来玩救火!"

听到哈里的喊话,艾米莉的玩心一下子冒了出来。好玩的游戏让她怦然心动。可是火苗突然就熄灭了，不仅玩心全无，甚至懒得耗费自己高贵的嗓音跟他们说话。她一言不发，继续坐着往下看。

"快来啊！"爱德华催促道。

"来玩吧！"劳拉喊道，"别呆头呆脑的！"

一阵沉默之后，蕾切尔的声音飘了上来：

"别叫她了，劳拉，我们根本不需要她。"

2

艾米莉居然没在意蕾切尔的话。相反,她很高兴他们能自己玩。她开始觉得这几个小家伙很累人了。

玛格丽特的毛病似乎自动转移到了艾米莉身上。

艾米莉很疑惑。她不明白玛格丽特为什么会那么害怕。那是一周前的一个晚上,艾米莉不知怎么的咬了船长一口。现在想起来,她自己也感到一阵莫名的惊慌。

那天晚上船员们喝醉了,吵闹得厉害,孩子们根本睡不着。最后,爱德华央求艾米莉讲个故事,可是艾米莉觉得没有心情,于是大家让玛格丽特讲。只有蕾切尔让玛格丽特别讲,她说自己要想事情。玛格丽特对大家的央求甚感得意,就讲了一个很傻的故事,大意是说一个公主有着永远穿不完的衣服,如果仆人犯了错,她就把他们暴打一顿关进黑漆漆的柜子里。故事很没意思,除了衣服就是打人,蕾切尔央求玛格丽特别再讲了。

故事讲到一半,一群水手吵吵嚷嚷地从扶梯爬下来。他们爬得很慢,似乎在争论什么。下来之后,他们摇摇晃晃地站在那里,脸全都转向一个人。船舱里很黑,看不清那个人是谁。他们似乎在催他干什么事情,而他却犹豫不决。

"妈的!"这个人粗声粗气地嚷起来,"点个灯给我,我看不见他们在哪儿!"

这是琼森船长的声音,但是跟平时大不一样,声音中有一种压抑的兴奋。有人点起灯笼,挂在船舱中央。琼森船长站在灯光中,体型像一大袋面粉,神情却像一只伺机跃起的老虎。

"你要干什么?"艾米莉和气地问道。

琼森船长犹豫不决地站着没动,身体重心在两脚间晃来晃去,好像在掌舵似的。

"你喝醉了,是不是?"蕾切尔尖声嚷了起来,听上去很不以为然。

然而玛格丽特的举止最为怪异:她脸色突然变得蜡黄,眼中流露出深深的恐惧。玛格丽特从头到脚都在筛糠,像发烧一样。艾米莉不由得想起来:她刚上船时就曾经莫名其妙地害怕过。

琼森摇摇晃晃地向艾米莉走来,一手托起她的下巴,另一手抚摸着她的头发。艾米莉只觉得一阵眩晕,不知怎的抓住琼森的大拇指狠命咬下去。她被自己的疯狂举动吓坏了,拼命向船舱的另一头跑去。其他的孩子都聚在这里,对刚才发生的事情深感疑惑。

"你干了什么?"劳拉气呼呼地挤到跟前,"你这个坏女孩,你咬伤了他!"

琼森疼得直跺脚,一边咒骂一边吮着受伤的拇指。爱德华掏出一条手帕,大家手忙脚乱地给船长包扎好伤口。琼森呆呆地瞅着包扎好的手,过了好一会儿,他像猎狗似的猛地甩了甩头,骂骂咧咧地爬回到甲板上去了。玛格丽特似乎病得厉害,肯定是在发烧,他们怎么都

117

没法让她清醒过来。

今天,艾米莉对自己有了新的认识之后,又把那天的事回忆了一遍。咬船长的是体内那个不受自己控制的小人儿,她不应该为此承担责任。其实,她对这件事不是很感兴趣,虽然是件怪事,但是现在生活中有几件事不奇怪呢?

琼森和艾米莉似乎达成了某种默契,此后一直躲着对方。因为咬人事件,艾米莉遭到孩子们的谴责,第二天谁都不肯跟她玩。艾米莉也觉得自己罪有应得,谁让她做出那么疯狂的举动呢?可是琼森在躲避艾米莉时,不像是因为生气,倒像是因为惭愧。真让人纳闷。

但是现在,艾米莉更感兴趣的是玛格丽特后来几天的表现。

那段时间,玛格丽特的举止真是怪极了。起初,她似乎对每个船员都充满了恐惧;后来她开始像狗一样跟在他们身后打转——当然,她并没有跟着琼森,而是跟着奥托;再后来,她就跟其他的孩子分开,自己搬进了船长和大副的舱室。现在,她居然完全不理孩子们了,整天跟船员待在一起。船员们费尽心机,不但不让玛格丽特跟孩子们说话,甚至不让孩子们看见她。

现在,孩子们几乎看不见玛格丽特。偶尔看到她时,发现她变得大不一样,几乎认不出来了。可是到底哪里不一样,他们又完全说不上来。

艾米莉坐在桅杆横木上,恰好透过舱室的天窗看见玛格丽特的脑袋。舱室前面,何塞加入了孩子们的游戏。他四肢着地,扮成消防车,让孩子们骑在他的背上——消防车的样子是他们从英格兰画报里看来的。

"艾米莉!"哈里叫道,"快来玩啊!"

在艾米莉内心深处,一道帷幕"唰"地降了下来。她又变成了一个开心的小孩,跟其他的小家伙没什么两样。她像真正的水手一样滑下桅杆,很快就变成了消防指挥官,跟其他的消防员一起,喝令何塞投入到"救火行动"中去。

3

当晚,在孩子们的"卧谈会"上,有一个问题终于被提了出来。你肯定诧异他们怎么现在才提这个问题。当时,艾米莉凶巴巴地让自己的弟妹赶紧睡觉,哈里口齿不清的声音却响了起来。他听上去紧张不安:

"艾米莉,艾米莉,我能问你一个问题吗?"

"睡觉!"

有人在黑暗中窃窃私语。

"这个问题很重要,求求你了,我们都想知道。"

"什么?"

"这些人是不是海盗?"

艾米莉大惊之下,猛地坐了起来:

"当然不是!"

哈里的声音顿时沮丧起来:

"我也不知道……我只是觉得有可能……"

"可他们就是海盗!"蕾切尔肯定地说,"玛格丽特说的!"

"胡说!"艾米莉反驳,"现在早就没有海盗了!"

"玛格丽特说了，"蕾切尔继续道，"我们被关在原来那艘船上的时候，她听到有个水手喊了一声'海盗上船了'！"

艾米莉脑中灵光一闪："傻瓜，他说的肯定是'海导'。"

"什么是海导？"劳拉问道。

"就是导航员啊，他们总是到船上来。"艾米莉自己也不知道导航员是干什么的，"你不记得咱们家餐厅的那幅画吗？画名就叫《导航员上船了》。"

劳拉全神贯注地听着。艾米莉的解释并未让劳拉弄清什么是导航员，不过不要紧，反正她也不懂什么是海盗。但是如果你认为这些争论对劳拉毫无意义，那你就大错特错了——哥哥姐姐对这个问题显然很重视，所以劳拉一直竖着小耳朵仔细听着。

海盗的说法似乎站不住脚了，谁知道玛格丽特当时到底听到了什么？蕾切尔现在也站到了艾米莉这边：

"他们不可能是海盗，海盗都是坏蛋。"

"我们能不能问问他们？"爱德华还是不太信服。

艾米莉想了想：

"这样不太礼貌吧。"

"他们不会介意的。"爱德华说，"他们都是这么好的人！"

"我觉得他们不会喜欢这个问题的。"艾米莉道。在内心深处，她很怕知道答案。如果他们真的是海盗，那么最好还是假装不知道吧。

"我想起来了！"她说，"我问一问白老鼠先知吧！"

"对，快问！"劳拉附和道。他们已经好几个月没请教过这位先知了，不过对先知的信仰并没有动摇。

艾米莉自言自语起来，发出一串吱吱的叫声。

最后，艾米莉宣布："他说这些人是导航员。"

爱德华从喉咙里"哦"了一声，然后大家就睡了。

第七章

1

爱德华一本正经地在甲板上踱步，边走边想：这正是我想要的生活。他觉得自己太幸运了，误打误撞就上了海盗船，别的人可能要离家出走、众叛亲离才能跑到海上来。虽然白老鼠发话了，但他仍坚信这是艘海盗船。说实话，他早就不相信那个所谓的先知了。他私下里觉得，如果琼森在某次海战中壮烈牺牲，他爱德华就是下任船长的不二人选。

那些女孩太烦人了。海盗船不是她们待的地方，等他当上船长，一定要把她们赶下船。

其实，他过去希望自己是个女孩。有一次，他对自己的崇拜者哈里透露："我小时候认为女孩比男孩强大，是不是很傻？"

"是的。"哈里答道。

哈里没说实话，其实他现在正希望自己能变成女孩呢。不过他的想法跟爱德华不一样，他年纪还小，没有发展出男孩子的顽劣性情，只觉得跟女孩在一起很开心，希望变成女孩后可以玩得更开心。女孩子们说最私密的悄悄话时总是把他排挤在外，他觉得这就是身为男孩的坏处。在他心目中，艾米莉年纪太大，已经不属于女孩的行列了，但他很喜欢蕾切尔和劳拉。如果爱德华当上船长，他就当大副，每次他畅想未来，想的总是如何保护某个女孩脱离各种稀奇古怪的危险——有时是蕾切尔，有时是劳拉，他对二人不分轩轾。

现在，孩子们在船上过得很自在，就跟过去在牙买加的家中一样。事实上，在年幼的小家伙的脑海里，关于封代尔的记忆已经模糊了，只剩下几个无关紧要的片断。艾米莉的记忆当然要比他们连贯得多，她能记起大部分事情。比如说塔比之死，艾米莉可能一辈子都忘不掉；她记得封代尔庄园差点被夷为平地，还记得自己经历过一次地震——地震的每个细节她都记得清清楚楚。那么，封代尔被夷为平地是地震造成的吗？听起来很有可能，不过好像还有一场大风。她记得地震来临时他们在游泳，还骑过小马；但是房子倒塌时他们待在屋里——这样就有点衔接不起来了。还有，她是什么时候发现那个黑人农庄的？她清晰地记着自己趴在竹笋丛中试探泉眼深浅，一回头却看见一群黑孩子在四散奔逃。这应该是好几年前的事了吧。

当然，艾米莉印象最深的就是那个惊心动魄的夜晚。塔比在屋里窜来窜去，皮毛一炸一炸的，两眼冒着寒光，嘴里发出凄惨的叫声。然后那些黑乎乎的影子从排气口跳了进来，把它赶到丛林中去。这一幕几次出现在艾米莉的梦境中，使她越发觉得恐惧。更让她害怕的是每次梦到这件事，情景都会有些不同。最糟的一次是她跑出去救塔比，可是当她找到可爱的小猫时，它脸上居然露出琼森船长被咬那晚的表情！艾米莉吓得赶紧逃命，塔比在后面紧追不舍。她穿过一条又一条种满甘蓝棕榈的林荫道，道路的尽头就是埃克塞特庄园，可是她无论如何都跑不到。她知道后面不是真正的塔比，而是魔鬼附体。玛格丽特坐在一棵橘子树上嘲笑她，奇怪的是玛格丽特变得像黑人一样黑了。

海上的生活也并非尽如人意，比如说船上有蟑螂，而且是生了翅膀的那种。前舱里蟑螂成灾，味道难闻极了，可是孩子们已经习惯了跟蟑螂共处一室。船上洗漱不方便，他们一早醒来经常发现自己指甲缝里的嫩肉被啃掉了，要么就是脚后跟的硬皮被吃掉了，疼得没法走路。身上油污最少、最干净的地方特别容易遭到攻击，纽扣孔似乎是蟑螂最爱钻的地方。船上淡水贵如油，海水又没法用，所以孩子们手脸都难得洗一次。船上的绳子和器械都沾满了柏油，孩子们几天玩下来，手就黑得足以让贫民窟的孩子自愧不如。有一个关于水手的笑话，说他们每月配给的物资中包括一配克[①]污垢，孩子们看来也分到不少。

当然了，这艘船并不脏。艉楼里面虽然有些脏乱，但是船长和大副把其他地方保持得颇为干净，想必是出于日耳曼人爱整洁的习惯吧。可惜看上去再干净的船，摸上去也难免满是油污。何塞洗衬衫时会顺便给孩子们洗洗衣服，天这么热，衣服一晚上就干了。

牙买加已成往事，英格兰则变成了海市蜃楼。孩子们曾经向往过英格兰，父母的描述曾在他们脑海中展开一幅新奇的画卷，但是现在一切都虚无缥缈。他们已经适应了眼下的漂流生活，仿佛他们是船上出生、船上长大的。孩子们天生不惧高，爬得越高就越是开心。天气晴朗时，爱德华经常把腿搭在桅顶横木上，头朝下倒挂着，体会那种大脑急速充血的快感。三角帆通常垂在下面，所以成了孩子们捉迷藏的好地方：只要两手牢牢抓住帆索，把自己裹进帆布就行了。有一

---

① 配克（peck）是容量单位，1配克等于2加仑，约合9升多。

次，大家怀疑爱德华藏在里面，可他们没有爬到第二斜桅上去查看，而是解开收帆索，接着猛地一拉升降索，差点把他甩到海里。孩子们知道鲨鱼的故事，但是有点过分夸大——比方说，他们以为鲨鱼能一口把人的腿咬掉。其实，鲨鱼的牙齿是撕扯型的，并不像大刀切肉那么整齐。有经验的人只要在鲨鱼鼻子上猛拍一掌就能把它们赶走（当然了，南部海域最凶猛的虎鲨除外）。但是不管怎样，如果爱德华这么小的孩子掉到海里，肯定难逃鲨鱼之口。为此，孩子们被狠狠责骂了一通。

船后的海面上，经常鼓起几个厚厚的大包，仿佛橡胶皮制成的。那就是鲨鱼，没准它们正期待着恶作剧的失手呢。

鲨鱼并非一无是处。海上有个说法："要捕风，先捕鲨。"因此如果船需要祈风，水手们就会拿大鱼钩穿上饵，钓一头鲨鱼用绞盘拉上来。通常会把鲨鱼尾巴钉在第二斜桅上，鲨鱼越大，求到的风就越好。有一天，他们钓到一头大家伙，拖上来时尾巴还在甲板上拍来拍去。水手们割掉它的下颚，放到公用的马桶上。航海老手们哪有用马桶的，所以大家很快就把这件事忘记了。一天晚上，在狂饮之后，老何塞稀里糊涂走进厕所，一屁股坐在了这圈"铁蒺藜"上面。他疯狂地大叫起来，其他船员却乐翻了天，这件事成了今年最好笑的笑话。就连艾米莉也觉得很好玩，只是有点不雅。如果将来考古学家发现了何塞的木乃伊，他们肯定想不通这些疤痕是怎么来的。

猴子也是船上的开心果。有一天，一些吸盘鱼牢牢地吸附在甲板上，猴子决定把它们撵走。拽了几下拽不起来，它只好使出全力：三条腿蹬着甲板，尾巴绷直了撑住屁股，嘴里呼哧呼哧直喘粗气。可吸盘鱼还是纹丝不动。当时船员们都在围观，猴子担心脸面不保，因此拼了命也要把这些鱼干掉。虽然自己一向吃素，但它强忍着恶心开始啃食吸盘鱼，一直啃到只剩下吸盘。结果它如愿以偿地博得了阵阵掌声。

爱德华和哈里对未来的海盗生涯充满了向往，两个人经常凑在一起讨论，还时不时地排演一下：要么冲到厨房里粗鲁地大喊大叫；要么跳到索具中央，下令把所有人扔到海里去。一天，他俩决定打一场海战。

"我带着一把剑、一把枪！"爱德华喊道。

"我拿着一把钥匙、半个哨子。"哈里看着手里的东西，实话实说。

排演的时候，他们很小心地避开那些真正的海盗。倒不是怕受到专业人士的指正，而是跟艾米莉一样，觉得还是假装不知道为好——说到底，孩子们都有这种神秘的想法。

劳拉和蕾切尔在哈里心目中不分轩轾，经常被他合二为一，但这两个女孩的内心世界几乎没有共同之处。读者可能已经注意到了，她们在任何事情上都有分歧，这似乎已经成了她们俩的交往准则。其实，这种分歧也是天性使然。蕾切尔只对两件事情感兴趣，其一就是过家家。如果没有一堆家居用品围在身边，她就觉得浑身不自在。蕾切尔走到哪里，就把房子和家庭建在哪里。她收集了一些麻絮，还有旧拖把上脱落的线头，把它们裹在碎布里做成"娃娃"，足足做了二三十个。她把这些玩意儿东一个西一个放得到处都是。"哇，哇……"一听这个声音，就知道有人"弄醒"了她的某个娃娃。倒霉的肇事者只好留下来清理现场。她甚至能对一根大铁钎产生母爱之情，坐在高处把铁钎抱在怀里，一边摇晃一边哼着摇篮曲。船员们谁也不敢从下面走，她怀里那个铁"宝宝"一旦从高处跌落下来，足以把最硬的脑袋钻透——据说一些不得人心的船长就遭遇过这种"事故"。

此外，船上的用品，从绞盘到水手长的椅子，全都被蕾切尔当成了家具——餐桌、床、油灯、茶具，一应俱全。不仅如此，她还在上面做标记，凡是她做过标记的东西就成了她的私人财产，别人不许染指（当然，有时候船员要用，她根本阻止不了）。蕾切尔简直是霍布斯[①]的忠实信徒，想到什么就把什么划归己有。她每天花费大量的时间，怒气冲冲或者眼泪汪汪地维护着自己的财产权。

蕾切尔感兴趣的另一件事情是道德。她有非常清晰的善恶是非标准，在她看来，凡事只有正确和错误之分。她道德观念很重，简直是位早熟的伦理天才。不管谁做了什么事，她马上就能做出是非判断，坚决地予以褒奖或批判。她从来不做中间派。

艾米莉的道德观念与蕾切尔不同。她把握不好"良心"这一道德标准，但对它敬畏有加。她没有蕾切尔那么清晰的是非判断，因此也不知道自己什么时候会冒犯"良心"。她把良心看成一个隐藏在人心里的鹰爪怪物，一旦惊动了它，就会随时面临铁爪的威胁，变得惶惶不可终日。每当艾米莉在临睡前感觉到蛰伏的巨鹰在蠢蠢欲动时，她就强迫自己去想别的事情，不敢直面内心的恐惧。但是在心底深处，她清楚地知道自己早晚会唤醒它的，可能某个不经意的过失，就会使它狂怒地向她扑来，从此灵魂再也不得安宁。有时候，艾米莉连续几个星期都过得无忧无虑；有的时候（在发现自己是上帝后），她甚至能看见美好的幻象。可是在心底最深的角落里，她确信自己遭到了诅咒，自古以来再也没人比她更邪恶了。

蕾切尔绝不会这样想，她从不把良心看成令人压抑的东西。良心是她舒适生命的主要源泉，总是平稳地流淌，就像健康的饮食一样令人愉悦。打个比方，孩子们已经心照不宣地认为自己上了海盗船。海盗当然是坏蛋，因此蕾切尔决定教化他们。她毫不犹豫地做出了这个

---

① 托马斯·霍布斯（Thomas Hobbes，1588—1679），英国政治哲学家，主张人性自私论，并提倡专制。

决定,没有一丝勉强。良心不会让蕾切尔感觉痛苦,因为她永远听从良心的指引,从来不出差错。她准备先对海盗施行教化,促使他们改恶向善;如果教化不成,那就把他们交给警察。两个结果都是好的,所以无论发生哪种情况,她都问心无愧。

关于蕾切尔就说这么多吧,下面说说劳拉。劳拉的内心世界辽阔而模糊,既难以捉摸,更难以描述。就拿小蝌蚪来打个比方吧,虽然腿已经长了出来,但是鱼鳃还没蜕呢。劳拉将满四岁,算是个孩子了。从广义上讲,孩子当然可以看作"人";但是劳拉还没有完全脱离婴儿状态——而婴儿是不能算人的,只能算个小动物。婴儿的文明程度就跟猫、鱼,甚至蛇一样原始;但是婴儿的思维更加复杂生动,在低等脊椎动物中,他们算是最高级的物种了。

简而言之,婴儿有一套自己的行为模式和思维语言,不能套用人类的理念来解释。

他们看上去跟"人"没什么两样,但精神上还不能算人——坦白说,他们更接近猴子。

人们在潜意识里都把婴儿当作动物,否则为什么看见婴儿模仿大人模样时就会哄堂大笑,好像看见螳螂作揖似的?如果把婴儿看作发展中的人,那就没什么好笑的了。

这样推论起来,孩子似乎也不能算人——不过我不这么看。我承认,孩子比我们无知,没有我们聪明,甚至思维方式也跟我们不一样(他们的想法是疯狂的);但是成年人只要用点想象力,就能做到像孩子一样思考,最起码能在某种程度上接近孩子的思维。孩子的思维方式再难学,也比不上婴儿的,想模仿婴儿的思维,还不如去模仿蜜蜂呢。

因此,我该怎么开始描绘劳拉的内心世界呢?她脑中还留有大量婴儿思维的残余,但是孩子式的思维已经开始萌芽——就像在遍地古迹的罗马城里，冒出了法西斯主义的新苗①。

如果潜水时突然碰上一只大章鱼，你肯定会大吃一惊。这种感觉让人终生难忘：它的外形使人敬畏，它的低等却令人绝望。很快，你对它就只剩下外形的欣赏了：它的大眼睛像牛眼一样单纯而温和；没有牙齿的大嘴漂亮却笨拙。你怕它发现，所以屏住呼吸，它却对你不小心喷过去的水流视而不见。它栖息在礁石之间，悬浮在清澈的碧水中，仿佛没有重量，却大得吓人。长长的触手柔韧如丝，休息时盘在一起，一旦发现你的踪迹就会迅速翻卷开来。你抬头往上看，陆地上熟悉的景物都被挡在水面之外，仿佛隔了一层玻璃窗。

面对一个婴儿时，如果你没有被泛滥的母爱冲昏头脑，那么你就会产生遇见章鱼的感觉。当然了，事情并不像说的这么简单，很多时候，跟婴儿沟通就像用纸牌搭房子，只能靠一个个站不住脚的谎言把真相支撑起来。

然而，我说的这些婴儿思维只存在于劳拉的内心深处，从外表看她完全是个孩子了。她矜持内向，是个讨人喜欢的小孩。劳拉长得并不漂亮（浓眉毛、短下巴），但很灵巧，任何场合都能以适当的态度来对待，这一点非常吸引人。只要她站在你面前，慷慨地释放出她童真的魅力，那就表明她喜欢你。但是劳拉很少这么做，她生命中的大部分时间都沉浸在自己的内心世界里，几乎没有时间去喜欢谁或讨厌谁。她流露出的感情总是淡淡的，像芭蕾一样舒缓。所以，谁也没想到她会痴迷地喜欢上琼森，那个沉默寡言、长相粗犷的海盗船长。

小孩子对人性没有什么洞察力，他们喜欢一个人不是凭直觉，而是凭想象。那天，琼森发火的时候曾经怒吼："你们以为我是什么人？"——如果去问问劳拉把琼森当成了什么人，恐怕她自己也不知道。

---

① 本书最早出版于1929年，当时法西斯主义还是新生事物，人们并未意识到它的危险性。

2

孩子长得快,但是猪长得更快。上船一个月来,孩子们变化很大,可是那头小黑猪的变化更大。它现在有了名字,叫"大雷"。大雷的体形今非昔比,再也不能躺在孩子们的肚皮上了。不过它对孩子们热情依旧,所以现在情况颠倒过来,经常是它躺在甲板上,皮糙肉厚的身上坐着一个甚至好几个孩子。孩子们越来越喜欢这头猪(尤其是艾米莉),管它叫"亲爱的""甜心""至爱小猪",等等,等等。不过大雷只会发出两种声音。孩子们帮它挠痒痒时,它偶尔会发出一两声满意的哼哼;其他场合下也还是这种哼哼,只是调子略有变化。只有在一种特定的情况下它才会发出另一种声音,那就是身上坐了太多孩子的时候。那是一种有气无力的呻吟声,就像远处的烟囱一样微弱,似乎胸腔里的气息正通过一个小小的针孔向外排出。

还有什么比坐在一头温驯的猪身上更舒服?

"如果我当上女王,"艾米莉说道,"我一定要养头猪来做我的王座。"

"没准女王真的养了一头呢。"哈里猜测道。

"它真喜欢被人挠痒痒。"艾米莉一边搓着大雷满是皮屑的脊背,一边满怀深情地说。

大副在旁边看着:"你的皮肤要是长成那样,你肯定也喜欢挠。"

"哎呀,你说得好恶心!"艾米莉开心地嚷道。

不过,大副的说法确实引起了她的注意。

"不要老是那样亲它。"艾米莉劝阻劳拉。劳拉正紧紧地搂着猪脖子,在咸乎乎的猪脸上印下一连串的吻,从猪嘴一直亲到猪耳朵。

"我的宠物,我的最爱!"劳拉小声嘟哝着,算是对艾米莉的消极抵抗。

老谋深算的大副比谁都清楚,如果不想吃泡着眼泪的咸猪肉,就必须在猪和孩子们之间搞点挑拨离间。因此,他想以刚才的事为切入点,讲点猪的坏话。可是,要挑拨劳拉的脑筋,简直比挑拨二十三弦的琴还要费劲。

晚饭时间到了,孩子们聚在一起喝汤、吃饼干。

他们在船上吃得不多,更谈不上什么饮食健康、营养搭配(你总不会指望那一配克污垢里含有维生素吧?)。不过孩子们的身体并未变坏。船上带着各种不易腐烂的蔬菜,厨子每天都会把一些菜扔到锅里煮。菜煮了几个小时后,厨子从大桶里捞出一块腌牛肉,舀点清水洗洗,然后放到菜锅里一起煮。等肉熟了就可以吃饭了。肉要捞出来,只有船长和大副可以吃一点。他俩像绅士一样用盘子吃饭,先把汤喝光,再把肉吃掉。剩下的肉晾到架子上,明天接着煮。孩子们和其他水手只能蘸着汤吃饼干。不过等到礼拜日,他们就能尝到肉味了:船长大方地把肉拿出来,就像喂小孩一样切成碎末,倒在孩子和水手共用的大木碗里。这就是船上的大锅饭。

玛格丽特连吃饭也不露面,自己躲在舱室里吃。船上总共只有两个盘子,所以她可能要等大副吃完后用他的。

那天,蕾切尔和劳拉为了争一块饱蘸汤汁的洋芋而又哭又闹,艾米莉则听之任之。两个妹妹的矛盾不可调和,艾米莉早就学会了明哲保身;再说,她正忙着自己吃饭呢。最后爱德华恐吓道:"闭嘴!否则我拿刀砍死你们!"两个女孩立刻噤若寒蝉。

艾米莉和船长之间的关系越发尴尬了。事情刚发生时,他们天天躲着对方,还算相安无事。可是时间一久,两个人都快忘了,碰到对方时就会自然而然地张口说话,突然又想起来他们早就不说话了,于是各自难堪地走开。一个孩子是很难承受这种心理压力的。他们俩为什么这么难以和解呢?原来,两个人都以为自己是犯错的一方。他们都为自己的一时冲动而后悔不已,谁也没料到对方也是这么想的。就这样,两个人一直在等着对方发出原谅自己的信号。船长的自责更有道理,但是艾米莉比他更敏感更焦虑,两人算是扯平了。因此,当艾米莉抱着一条飞鱼兴高采烈地跑到船长面前,一看到他却又转身跑掉时,船长就以为艾米莉仍在怪自己,于是他的脸涨成猪肝色,盯着皱巴巴的主帆发起呆来。而艾米莉也在一旁自怨自艾:为什么船长还不肯原谅她呢?

一天下午,情况总算有了转机。当时,劳拉跟在船长身后跑来跑去,仰慕之情溢于言表。爱德华终于弄清了什么是上风,什么是下风,于是兴冲冲地跑来向船长请教"生活准则"。艾米莉那天恰好犯了严重的健忘症,高高兴兴地站在船长肘边,准备聆听教诲。

船长对爱德华考查了一番,看来他确实分清了上风和下风。

"下面是准则第一条,"船长道,"不要朝上风口扔东西,除非是热水和灰烬。"

爱德华脸上除了疑惑还是疑惑:

"但是，上风不就是……我是说，那样不就吹到自己……"他突然停了下来，心想没准是自己弄反了。这个老掉牙的玩笑再次奏效，琼森心里偷偷直乐。艾米莉正在练习金鸡独立，听了他的话也觉得大惑不解，结果一不小心失去了平衡，赶紧抓住琼森的胳膊。琼森低下头看着她，其他人也看着她。

大窘之下，艾米莉立刻想逃走。坦然走开是不可能的，她觉得翻跟头才是最好的方法。想到这里，艾米莉马上翻起了跟斗。

翻跟头时很难保持方向，而且头晕得难受。可艾米莉必须坚持翻下去，要么翻出船长的视线，要么把自己累死。

就在这时，坐在桅杆顶端的蕾切尔终于失手跌落了那根铁钎。她骇人地尖叫起来。在她眼里，摔在甲板上的不是一根铁钎，而是一个"宝宝"。

琼森喊了一声小心，可惜没人听见。男人永远发不出女人那种穿透力十足的尖叫。

几秒钟之后，艾米莉突然发出一声绝望的惨叫。那根颤巍巍的铁钎在插进甲板之前，不偏不倚地扎透了她的小腿。紧张、眩晕、震惊、剧痛，艾米莉发出了前所未有的惨烈叫声。只用了一秒钟，琼森就跑过来，抱起呜咽的艾米莉向舱室冲去。玛格丽特在里面缝补什么东西，她瘦弱的肩膀耸起来，嘴里哼哼着，好像病得厉害。

"出去！"琼森粗鲁地低吼。玛格丽特一言不发，收拾好针线就爬上了甲板。

琼森取出一根布条，蘸了些斯德哥尔摩柏油，然后绑在艾米莉腿上。柏油把伤口杀得生疼，他也不知道放轻手脚。他把艾米莉放到自己床上，她早已哭得晕了过去。等她眼泪汪汪地醒来时，看见琼森正俯身望着自己，粗笨的脸上写满了关心，还有深深的同情。她觉得自己终于得到了谅解，喜出望外地搂着船长吻了一下。琼森坐在储物柜上,慢慢地前后摇晃着。艾米莉睡了一会儿,醒来时发现他还在那里。

"给我讲讲你的童年吧。"她说。

琼森默默地坐着,强迫自己迟钝的大脑去回忆往事。

"我小的时候,"他终于开口了,"人们认为自己给靴子上油是不吉利的。所以我们出海前都是婶婶给我的靴子上油。"

他顿了顿。

"我们把鱼分成六份,留给租船人一份,然后每人拿一份回家。"

故事很短,可是艾米莉很喜欢。不一会儿,她就在无比的欢欣中沉沉睡去。

此后几天,船长跟大副只好轮流睡一个铺位。玛格丽特不知道被打发到哪里去了。艾米莉腿上的伤口短期内很难愈合。更糟的是天气不好,船老是晃来晃去。艾米莉醒着还好,睡着了就容易晃动,然后碰到伤口疼醒过来。反复几次之后,她变得烦躁不安,还有些发烧。不过伤口渐渐有所好转。其他的孩子当然下来看过她,但是他们醉翁之意不在酒,主要是想看看向往已久的舱室禁地。新鲜感过后,他们发现舱室里其实很无聊,所以探病就变成应付了事。没有了艾米莉这个"管家婆",他们晚上肯定不好好睡觉,看看每天早上那副蔫蔫的样子就知道了。

奥托有时会来教艾米莉打各种复杂的水手结。他一边打结一边发牢骚埋怨船长,船长被他说得浑身不自在。奥托出生在维也纳,十岁时偷偷爬上一艘多瑙河游艇离开了家。后来他开始了航海生涯,大半时间是在英国船只上度过的。陆上给他印象最深的地方是威尔士,他曾经在那里住过几年。当时威尔士的丁莱尔港非常繁荣,他们的船总是从那儿出发沿着海岸线航行。可惜现在的丁莱尔港已经成了死水一潭。因为这个缘故,奥托除了德语、西班牙语和英语外,还能说一口流利的威尔士语。这段时间算起来并不长,但他当时正处在事事好奇的年纪,所以记得格外清楚。每当他对艾米莉谈起往事,最常说的就是这段在板船上"打杂"的经历。琼森船长出生在德国的吕贝克(位于波罗的海沿岸),他们家是丹麦移民。他跟奥托一样,也在英国船上干了好些年。至于他们两个人是何时认识的,为什么会跑到古巴来做海盗,艾米莉至今也不知道。显然,他俩在一起很久了,谁也离不开谁。艾米莉听故事时不爱问东问西,而是由着他们想到哪儿就说到哪儿——在这一点上,她很有头脑。

打结玩腻了之后,何塞用牛骨给她磨了一根钩针。艾米莉从旧帆布里抽出线来,准备钩几块小桌布铺在舱室的桌子上。她还画了不少涂鸦之作,床铺内侧很快就布满了旧石器时代的壁画,不知道船长发现后会作何感想。最好玩的是找出那些粉刷不均的地方,看它像什么就用铅笔把它画成什么——比方说,给"海象"填上眼睛,给"兔子"加上耳朵。艺术家不是常说吗?"要善于发现身边的美"。

天气不但没有好转,反而变本加厉。船剧烈地起伏晃动,艾米莉躺都躺不稳,更别说钩桌布了。她两手紧紧抓住床铺的侧边,免得颠簸中撞到腿上的伤口。

可就是在这种天气里,海盗们选定了下一个猎物。这是一艘小小的荷兰汽轮,看上去没什么油水。船上是一些演马戏的动物,准备送给巴纳姆先生①的某位前辈。船长是个狂妄的家伙,只有荷兰人才有可能狂成这样。他船上其实没什么好抢的,可他一点都不合作。最后海盗们把他绑起来带到了自己船上,关在艾米莉养病的舱室里,这样艾米莉可以看着他。他是个一流的水手,可是皮肤很白,而且胖得没脖子。他身上散发出一股特别恶心的雪茄味,把艾米莉呛得头晕眼花。

---

① 美国知名的马戏团经理人 P.T.Barnum。

其他的孩子在抢劫中发挥了重要作用。他们作为一种无害的伪装，比那些"女士"更见效。那时候造汽轮的技术还不是很先进，所以汽轮比帆船强不了多少。当时，这艘汽轮饱受风浪之苦，在水里摇摇摆摆的，就像海豚在打滚，它的甲板与海面几乎齐平，烟囱里也灌满了水。所以，当荷兰船长看到纵帆船放下来一艘小艇，在爱德华、哈里、蕾切尔和劳拉的欢呼声中向自己驶来时，他认为一定是来帮忙的，丝毫没起疑心就让他们上了船。尽管高傲的荷兰人不愿承认，但他的确被海盗迷惑了。

醒悟之后，他就开始抵抗，海盗只好把他带回了自己船上。货物是一头狮子、一只老虎、两头熊，还有一群猴子。海盗们对此很不满意，因此对船长难免有些不客气。

接下来就要看看这艘汽轮（西尔玛号）会不会像克罗琳达号一样，藏有其他值钱的东西。他们把所有船员都关进舱室，然后一个接一个带到甲板上单独问话。结果什么都没问出来，不是没有，就是船员不知道，要么是他们不肯说。大部分船员吓得魂不附体，连出卖祖宗的事都干得出来。有几个人看穿了海盗的装腔作势，知道他们不会越过杀人底线，因此斗胆把他们嘲笑了一番。

两种做法的后果是一样的。每问完一个人，海盗就把他关进艉楼。在带下一个人出来之前，他们会好好表演一番：一个海盗拿九尾鞭狠狠地抽打帆布，另一个发出杀猪般的叫声，打完之后，他们朝天放一枪，然后把一件重物扔到水里发出水花四溅的声音。这样做是为了吓唬那些关在舱室里的人，而且确实把他们吓得不轻。可惜没什么收获，看来船上真的没有值钱的东西了。

船上虽然没钱，却有不少荷兰烈酒和利口酒。海盗们毫不客气地笑纳了：喝了这么久的西印度朗姆酒，也该换换口味了。

在痛饮了一顿后，奥托突然想出了一个好主意。给孩子们演场马戏怎么样?他们一直央求要过来看动物,为什么不给他们来点过瘾的——比如说,狮虎斗?

说干就干。孩子们和不值班的船员都过来了,每人在高处找了一个安全的位置。绳圈围好了,舱门打开了,两只散发着猫臭的大铁笼被拖到了甲板上。驯兽师是几个马来人,只听到他们叽里咕噜地说个不停,也不知道在说什么。海盗命令驯兽师打开笼门,把狮子和老虎放出来,准备上演兽王大战。

谁也没想过斗完之后怎么把它们关回去。大家都知道,放虎容易,再捉回去可就难了。

可是,在这种情况下,即便笼门打开之后,两头猛兽似乎也都不愿意出来。它们躺在地板上,显得很不安,发出低微的咆哮,听上去像在呻吟。除了转转眼珠之外,它们趴在笼里一动都不动。

可怜的艾米莉错过了这场好戏。她拖着伤腿躺在密不透风的舱室里,看守着倒霉的荷兰船长。

刚关进来时,船长试图跟艾米莉说话,可是荷兰人很少有会说英语的。海盗们把他捆得很紧,只剩下脑袋能转动。舱室角落里有一把尖刀,不知是哪个傻瓜落下的。他眼珠骨碌碌转着,一会儿看看刀子,一会儿看看艾米莉。显然,他想让艾米莉把刀拿给他。

可是艾米莉很害怕。绑着的人似乎比自由的人更可怕,因为他们散发出一种困兽的气息。

想到自己不能站起来逃命,艾米莉更是胆战心惊。

这个人就像噩梦一样可怕,没有脖子,而且浑身都是呛人的雪茄味。

他想在艾米莉脸上寻找同情,不料却只看到恐惧和厌恶。他只好自己动手。只见他慢慢摇晃着身体,打算翻滚到刀子那里去。

艾米莉大声呼救,两手砰砰地砸着床板,可是一个人也没来。留守的船员心不在焉,全都竖起耳朵关注着七十码外汽轮上的动静。在那边,一个海盗大着胆子从高处溜下来,捡起船栏边的系索栓^①向兽笼扔去,想要激怒里面的猛兽。只要它们稍作反应,比如说一甩尾巴,这个家伙就准备抱头鼠窜。马来驯兽师们盘着腿围坐在甲板上,对这一切视而不见。他们鼻子里哼哼着,似乎吓得要命。

几分钟后,海盗们全都大胆起来。奥托径直朝虎笼走去,用一根推杆去戳它的肋部。

不过这只可怜的畜生晕船晕得太厉害了,怎么戳它都不动。渐渐的,所有围观者都聚到兽笼边,不过还是做着逃跑的准备。醉醺醺的大副和滴酒未沾的船长一起,对两头猛兽又是喝骂又是起哄。

难怪没人听到艾米莉的呼救,任由她跟可怕的荷兰船长关在一起。她不停地尖叫,但这场噩梦并没有结束。尽管船晃来晃去,荷兰船长还是想办法滚到了刀子旁边。绳子捆得很紧,这一番努力累得他额头上暴起了青筋。他躺在地上,手指在背后摸索着刀锋。艾米莉不仅害怕,而且快绝望了。她忍着腿痛,突然从床上跳下来,抢在荷兰船长之前拿到了刀子。

接下来的五秒钟内,艾米莉狂乱地在荷兰人身上连戳了十几下。然后她把刀子朝舱口一扔,挣扎着爬回了床上。

荷兰人的血迅速涌出,自己的鲜血使他头晕目眩。他一动不动地躺着,嘴里呻吟不止。艾米莉伤口又裂开了,她在疼痛和恐惧的折磨下昏了过去。慌乱中刀子没有扔出舱外,而是顺着扶梯当啷啷掉下来,重新落到了舱室的地板上。第一个目击凶案现场的是玛格丽特,她把脑袋探下来,那双呆滞的眼睛从骷髅般瘦削的脸上鼓了出来。

---

① 系索栓(belaying-pins),可插入船栏的洞内的一种木栓或金属栓,用来固定船只。

琼森和奥托怎么都唤不醒两头猛兽,于是召集船员拿杠杆把兽笼掀起来,使它们跌到笼门外。

可它们还是不肯开战,一点敌意都没有。刚才是趴在笼子里呻吟,现在改成趴在甲板上呻吟。这两头猛兽的体型比一般同类较小,再加上长途跋涉,显得很憔悴。奥托突然咒骂一声,拦腰抱住老虎,把它的两条前腿抬了起来。琼森也如法炮制,抱起了更沉一些的狮子。现在决斗双方终于面对面了,不过它们的脑袋都耷拉在"助手"的胳膊上。

突然之间,老虎仿佛觉醒了,眼中灵光一闪,肌肉绷了起来。它轻轻一挣,就像参孙①摆脱绳子一样挣出了奥托的掌握。幸亏他及时放手,否则肯定会脱白。就在电光火石般的一瞬间,老虎挥爪向奥托脸上拍去,撕裂了他半边脸。真的不能拿老虎当病猫。琼森大惊失色,扔下狮子,拉着奥托向一扇敞开的门跑去。就像剧院失火了似的,海盗们慌慌张张向高处逃去,你推我挤,乱作一团。

狮子在甲板上打滚。老虎步履蹒跚地回到了笼子里。那些马来人吓得只知道抱头痛哭,对一切都不管不顾。

多么混乱的场景啊!

英勇的斗兽总算结束了。大家逃命时互相撞来踩去,不少人都受了伤。惊魂未定的海盗们把大副扶上第一艘小艇,狼狈地逃回纵帆船。海上依然风高浪急,最后他们一个个落汤鸡似的爬上了甲板。

水手们鼻子都很尖,一上船就闻到了血腥味,大家急忙向扶梯跑去。玛格丽特依旧坐在扶梯顶端,仿佛已经麻木了。

艾米莉紧闭双眼躺在床上,她已经从昏厥中清醒过来,但她不想睁开眼睛。

---

① 参孙(Samson),《圣经·旧约》中的大力士。

从舱口可以看见下面的荷兰船长。他奄奄一息地倒在血泊中："先生们，我还有妻子和孩子呢！"这句话是用荷兰语说的，语调平和，语气却充满了震惊，说完就咽了气。虽然没有致命伤，但伤口很多。他死于失血过量。

从现场看，凶手肯定是玛格丽特。很明显，她趁荷兰人无力反抗之际痛下杀手，然后面无表情地坐在那里看着他咽气。

第八章

1

船员们早就开始鄙夷玛格丽特，谁也没在意她痛苦的神情和明显的病态。这要怪她自己，因为她总爱掩饰自己童真的一面。

如此草菅人命的暴行，成年人也很难干得出来。她现在就如此残忍，将来可怎么得了？船员们把她从扶梯上拖起来，七手八脚地抬到船舷边，二话没说就扔了下去。

玛格丽特像那头大白猪一样，很快就消失在浪头底下。可她脸上的表情永远印在了奥托脑海中——毕竟，玛格丽特是他的情人。

他们把荷兰人的尸体抬到甲板上，然后琼森从扶梯爬了下来。他弯下腰看着可怜的艾米莉，热乎乎的鼻息喷到她脸上。艾米莉紧紧地闭着眼睛，直到所有人都出去了才睁开。这时何塞过来擦洗地板，艾米莉又赶紧把眼闭上。

孩子们和其他的水手乘着第二艘小艇回来了，途中差点撞上玛格丽特。她在水里拼命游着，但一声不吭。她在水里一起一伏，浮起时湿漉漉的头发贴在脸上，下沉时就乱糟糟地漂在水面。水手把玛格丽特捞起来，让她跟别的孩子一起躲在尾帆下。玛格丽特终于归队了。

她浑身都在淌水，于是其他孩子都躲到一边去。但不管怎么说，他们又在一起了。孩子们睁大眼睛看着玛格丽特，神情很严肃，但谁也没说话。玛格丽特累得筋疲力尽，牙齿不停地打战。她想把连衣裙褶边上的水拧干，两手却使不出力。她也不跟其他孩子说话。这样僵持了一会儿之后，气氛才开始松缓下来。

水手们只管划船，也没问问玛格丽特为什么会在水里。他们觉得她可能是不小心掉下去的。而且现在也没心思考虑这么多，他们急着赶回去呢。很快，船就绕到了纵帆船的尾部，大家一个接一个爬上了甲板。船上正在举行盛大的招魂仪式，谁也没注意他们回来。

一上船，玛格丽特就径自走向前舱，仿佛从来没搬走似的。她爬下扶梯，脱掉衣服，然后裹着一条毯子躺了下来。其他孩子关切地注视着她的每一个举动。

后来也不知道是怎么开始的，五个人玩起了推理游戏。这期间有个水手走到舱口，往下看了看，回头冲其他人喊道："是的！"然后就走开了。不过孩子们既没看见，也没听见。

从这一刻起，纵帆船上的气氛完全变了。这就是小群体里面发生命案的必然后果。他们在海上纵横多年，流血事件却是第一次发生（船员私下里打架造成的流血不算）。荷兰人的惨死令人发指，海盗们对人性的败坏深感震惊，想到船上有个凶手，他们不由得脊背发凉。本来，单凭那场斗兽恶作剧是不会惊动美国军舰的，军方高层不愿与这种可笑的事扯上关系，但是如果汽轮靠岸后宣称他们的船长被绑架，事情就大不一样了。万一他们的大副从望远镜中看见船长血淋淋的尸体被抛下水，那就更糟了，军方一定会兴师动众。

到时候怎么办？对陪审团说"杀人犯不是我们的船员，而是我们抓来的一个女孩"吗？

看过汽轮上的航海日志后，琼森船长总算弄清了他们的方位。他设计好航线，准备躲回桑塔露琪亚避难。克罗琳达号事件过去了这么久，英国军舰应该已经放弃搜索了，他们都忙得很。不过西班牙官方经常多管闲事，要小心他们的骚扰——琼森对此有着深刻的教训。虽然他不想空船而回，但形势所迫，只好如此了。

气氛变化的外在表现就是纪律突然严明了起来。船员们一滴酒都不许喝，每天排出作战队形，轮流站岗放哨。船越发整洁了，船上的秩序格外井井有条。

第二天，大雷被宰掉吃了。没人去管孩子们的感受，船员们完全收起了慈爱之心。就连何塞也不跟他们玩了。船员的态度严厉生硬，还夹杂着一丝恐惧——他们似乎意识到这群孩子就是他们厄运的催化剂。

突如其来的变化使孩子们不知所措，甚至忘了哀悼大雷。只有劳拉为此生了半天气，小脸涨得通红。

猴子发现没有猪可以捉弄了，差点死于抑郁症。

2

艾米莉由于伤口裂开，使她在舱室又躺了好几天才搬回前舱。这几天她几乎是一个人度过的，琼森和奥托很少下来，即使下来也不搭理她的百般巴结。她只好不停地唱歌，自己对自己说话。只有向船长和大副摇尾乞怜时她才会停止自言自语。她用最甜美的嗓音求他们给她递一下钩针，求他们看看她用毯子堆成的动物雕塑，求他们讲讲小时候的捣蛋故事。这种讨好献媚实在太不像平时的艾米莉了！可是船长和大副要么转身就走，要么倒头就睡，连看都不看她一眼。

艾米莉还会给自己讲故事，她讲了好多好多互相衔接的故事，都快赶上《一千零一夜》了。她的故事从不讲出声：那些自言自语虽然听上去像在讲故事，其实是毫无意义的，真正的故事在她头脑中默默发生。她喜欢悄悄地构思情节，悄悄地想象画面，不愿意大声讲出来。如果你躲在暗处偷偷观察，就会看到她讲故事时的样子：不说话，但是表情变化多端，肢体语言丰富多彩。一旦觉察到你的存在，她就开始大声地胡言乱语（谁知道自己头脑中的话会不会被人听见，保险起见，一定要发出别的声音来干扰偷听者）。

她唱的歌都没有歌词，只有一串串音符，就像小鸟的叫声一样。她想到哪个音就用哪个音一路哼下去，多半是荒腔走板不成曲调。反正自娱自乐，闲着也是闲着，一首歌经常唱上半个小时。

尽管何塞拼命刷洗过地板，还是留下了一大块污渍。

有时候，艾米莉的思绪信马由缰地奔回了牙买加。多么美好的旧时光啊，似乎已经是很久远的事了。那时的艾米莉多小啊！想象力枯竭的时候，艾米莉就回忆老山姆讲过的阿南西的故事。想着想着，新的故事就冒了出来。

她还记得老山姆那些吓人的鬼故事。他们过去常常假装水池里有淹死鬼，把那些黑人吓得屁滚尿流！只要不相信鬼，人就会觉得自己很强大。

可她现在觉得鬼没有那么好玩了。

有一次，她脑海中突然出现了荷兰人的鬼魂，浑身是血，脑袋转向背后，手里的铁链叮当作响……再一转念，狂奔逃命的塔比又冒了出来。她的思绪有时乱作一团，有时却又悠然地飞离牙买加、飞离海盗船、飞离可怕的恶鬼，飞到遥远东方的一个黄金宝座上。

船长不许其他的孩子再来看她，但是当她听到头顶上奔跑的脚步声时，就会大喊着跟他们交谈几句。不知是谁对她喊道：

"你知道吗？玛姬回来了！"

"哦……"

艾米莉沉默了，漂亮的灰眼睛盯着床头上那个侏儒的耳朵。从微微皱起的鼻尖可以看出，她陷入了深思。这个消息使她额头上冒出了大颗的冷汗。

然而，折磨她的，不仅是来自外面的消息。

她脑子里乱七八糟的念头和幻象越来越多，但渐渐失去了光彩。艾米莉有一种不祥的预感，生活不再是一场持续的精力消耗，而是随时都有中断的可能。她会想起自己是艾米莉，她杀了人……现在待在这里……天知道下一步会发生什么，她需要怎样的奇迹才能应对这一局面？每当想到这些，她的心就会一路往下沉，往下沉……

跟劳拉一样，艾米莉也处在蜕变时期。过去，懵懂是一个厚厚的壳，保护她不受任何伤害，但在蜕去硬壳变成艾米莉之后，她失去了保护，变得脆弱而无助。更为残酷的是，这一蜕变偏偏发生在这个风雨飘摇的多事之秋。

当艾米莉躺在床上，全身裹在毯子里的时候，她在某种程度上是安全的。虽然她经常感到恐惧，但毕竟没有真正的危险。可是，起床之后呢？会不会在某一时刻，随着一声令下，她的末日就来临了？她还会不会犯下更严重的错误？

唉，她为什么要长大？谁能告诉她，到底为什么？

除了一阵阵莫名的恐惧，艾米莉还有一些合理的烦恼。她已经十岁半了，不知道前途如何，将来会从事什么职业？母亲从小就给他们灌输一种思想，不管男孩还是女孩，总有一天要自食其力的。我说她是十岁半，但是纵帆船上的日子过得如此漫长，她还以为自己已经更大了呢。船上的生活很有趣，但这能算实用教育吗？这种教育有什么用？无非是教人如何做海盗罢了。可是一个女孩子能做什么样的海盗呢？随着时间的推移，艾米莉越来越相信自己没机会选择其他职业了。他们注定只能做海盗了。

现在，她完全摒弃了自己是上帝的念头。这项神圣的职业已经对她关上了大门。但是她短期内很难放弃另一个念头——她是"有史以来最邪恶的人"。这是上天注定的命运，反抗也没有用。她是不是早已犯下了最深重的罪孽？这种罪孽不是谋杀，而是对圣灵做出的某种举动，比谋杀更严重。她是不是已经在无意中犯下了这种罪孽？她根本不知道这种罪孽到底是什么，所以很可能已经犯过了。如果真是这样的话，难怪上天收起了对她的怜悯！

这个被遗弃的小可怜蜷缩在毯子下面，浑身哆嗦，冷汗直流。她温柔的眼睛总是盯着床头那个侏儒的耳朵，那是她亲手画的。

可是没多久，艾米莉又开心地唱了起来。她探身到床下，拿铅笔勾勒出那摊血污的轮廓。东描一笔，西画一笔，血污很快变成了一个活灵活现的女商贩，背上还背着一大捆货物！我不得不说，当奥托下来看见这幅画时，他确实吓了一跳。

艾米莉再次躺下，考虑起生活中的现实问题，把那些上帝啊灵魂啊之类的想法暂时放到了一边。她不像爱德华那样盲目乐观，她要成熟得多，知道自己其实很无助。现在她活命与否都要看海盗的一念之仁，哪来的勇气和智慧去反抗他们呢？

她对琼森和奥托产生了一种奇特的感情。首先，她很喜欢他们。的确，孩子总是会喜欢上与自己朝夕相处的人，但艾米莉对他们的感情比这要深得多。她喜欢这两个人甚至超过喜欢自己的父母。其实，他们也以各自特有的方式流露出对艾米莉的喜爱，可是艾米莉怎么知道是真是假呢？她觉得像他们这样的大人，要欺骗小孩实在是太容易了。万一他们想杀她，又怕她看出来，那么他们肯定会伪装出这副和蔼的样子……我想，艾米莉是在"以己之心度他人之腹"吧。喜欢隐藏感情的，其实是她自己。

当扶梯上响起船长的脚步声时，他可能端着一盘汤，也可能揣着一把刀……他可能会笑眯眯地突然杀死她，眼睛都不眨一下……

如果他要这么做，艾米莉绝对阻止不了。尖叫、挣扎、反抗都没用的，白白破坏自己的风度。如果他愿意伪装下去，艾米莉当然会配合下去。只要他不动声色，艾米莉就假装什么也不知道。

因此，无论船长和大副谁下来，艾米莉都会一边继续唱歌，一边展露出顽皮而自信的笑容。她想迷惑他们，让他们以为自己不知道。

她喜欢琼森比奥托多一点。通常说来，长相粗野的人容易遭到孩子们的排斥，但是艾米莉喜欢琼森那双粗大手掌上的疤痕，就像用望远镜看见月亮上的沟壑一样啧啧称奇。当琼森笨手笨脚地拿起平行尺和圆规，小心翼翼地对准航海图上的某处标记时，艾米莉会侧卧在床上，仔细观察着这些工具，给它们全都起了名字。

为什么她必须长大？为什么她不能一直生活在别人的照顾之下，不用为自己操心？

大部分孩子都有过这种想法，但慢慢地就放弃了，只是在说"我想长大"之前仍会犹豫一下。可艾米莉跟他们不一样。他们过着安定的生活，有着一个至少看似明确的将来；艾米莉却已经杀了一个成年人，并且要一辈子把这件事憋在心里。这对一个十岁孩子来说太艰难了。玛格丽特的存在让艾米莉如芒刺在背。现在，生活的康庄大道已经与艾米莉无缘，只剩下一条荆棘小路，通往地狱之门。

她在进化的边缘摇摆，大部分时间还是个孩子，可有时候又不像孩子……这根本不需要咒语……阿南西和乌鸦，精灵和黄金宝座……

有一件事情很难解释：艾米莉看上去比实际年龄还要小。那些不同寻常的经历非但没让她变成熟，反而显得更小了。

人虽小，能量却不小。在封代尔庄园，艾米莉从来没有大声喊叫过，现在却躺在舱室里随心所欲地呼喊，像一只精力过剩的大云雀。

琼森和奥托都不算是什么神经质的人，但艾米莉的噪声快把他们俩搞疯了。让她闭嘴根本没用，她转眼就忘了。一分钟后，她低语起来；两分钟后，声音变大；五分钟之内，歌声再次飞入云霄。

154

琼森本来就是个少言寡语的人。他对奥托的友谊很深，说话却很少，总是奥托说着他听着。偶尔开一次金口，他总是怕人家听不见，虽然这个"人家"经常是他自己。

3

奥托掌着舵（其他船员里很难找出好舵手），思绪却飞回了桑塔露琪亚——那里住着他年轻的爱人。琼森趿拉着鞋在他身边踱来踱去。

奥托慢慢地收回思绪，一抬眼，看见猴子躺在舱室天窗上手舞足蹈。

猴子适应环境的能力是很强的，否则怎么能进化成人类呢？现在，它聪明地解决了失去玩伴的问题。赌徒在无聊时会用左手跟右手互赌，猴子也学会了前腿和后腿打架。它肢体非常灵活，"前后互搏"打得很像那么回事，仿佛早已拦腰分开，成了两个独立的部分。如果"双方"都很投入，打斗就会变得非常激烈：后腿千方百计想把眼睛抠出来，尖利的小牙则毫不留情地向自己的私处咬去。

天窗下面传出艾米莉哭喊救命的声音，听上去很逼真，可惜夹杂着这样的话："没用的，我也会把你的脑袋砍掉！"

琼森船长在想念遥远的吕贝克，他家住的一所小房子，里面有一个瓷炉……现在不能谈退休，即使自言自语时也不能说"这是我最后一次航行"。一旦被大海听到，她就会以另一种讽刺方式让你的航行变成"最后一次"。琼森亲眼见过很多船长的最后一次远航，他们再也没能回来。

他觉得无比忧郁，几乎要掉下泪来。最后他转身走下甲板，想一个人待一会儿。

艾米莉正在幻想与约翰说话。她以前没这么想过，但约翰今天突然出现在她脑海里。两个人绝口不提约翰的失踪，只是讨论扎一个华丽的大筏子，到水池里去划——好像他们还没离开封代尔似的。

突然，船长的脚步声传来，艾米莉一惊之下顿时脸红。船长下来时，她的脸颊还在发热。像往常一样，船长看都没看她一眼。他一屁股坐下来，胳膊肘支在桌子上，两手托着下巴，脑袋有节奏地晃来晃去。

"看呀，船长！"艾米莉决不放弃，"我这样好看吗？看呀，看呀！我这样好看吗？"

船长破天荒地抬起头，转身打量艾米莉。她把眼珠全转上去了，只剩下白眼球，下嘴唇翻在外面，手指把鼻尖压得扁平。

"不，"他简短地说，"不好看。"然后回身继续沉思。

艾米莉把舌头伸出来摇晃着。

"这样呢？"她说，"看啊！"

琼森没有理她，却抬起头，环视舱室。周遭发生了一些微妙的变化，多了几分阴柔之气，像个小姑娘的闺房，而不再是男人的舱室。虽然有形的变化很少，但细心人能感觉到这里亮堂了好多。整个舱室弥漫着孩子的气息。

琼森再也无法忍受了，他戴上帽子冲向扶梯。

甲板上，其他孩子正围着罗盘箱打闹，嘻嘻哈哈像一群小疯子。

"该死的！"琼森气不打一处来，恶狠狠地往前迈了一大步。

就这样，他把拖鞋甩了出去，有一只正好落在甲板上。

我不知道爱德华是怎么了，他鬼使神差地捡起拖鞋就跑，边跑边兴奋地大叫。琼森冲他大吼，于是他把鞋递给劳拉，自己爬到第二斜桅的顶端又蹦又跳。搞恶作剧的居然是爱德华！这是那个一贯害羞知礼的爱德华吗？

劳拉的小手几乎捧不住这只庞然大物，但她把拖鞋紧紧抱在怀里，像橄榄球运动员一样猛地向前跑去。眼看就要撞进琼森怀里，劳拉却巧妙地一闪，从奥托身边冲过，一本正经地快步跑向左船舷。琼森从来都不是个身手矫健的人，只会穿着袜子站在那里大声喝骂。奥托笑个不停，抖得像一块颤巍巍的果冻布丁。

两个孩子灵感乍现的传球和跑动，一下子点燃了水手们的情绪。他们从一开始就扒在艉楼的舱口朝外看，想笑却使劲板着脸。劳拉的这一闪使他们再也憋不住了，哄地爆发出一声喝彩。突然间他们意识到自己的失态，就跟木偶退场似的，又嗖地缩回到甲板下面。他们怕遭到船长的责骂，所以赶紧把舱口盖上。

劳拉的大脚趾突然被一个有眼螺栓别住，哎呀一声重重地摔倒在地。

奥托猛地拉长了脸，跑过去捡起拖鞋还给琼森，后者赶紧把鞋穿上。爱德华愕然地停止蹦跳，脸上露出害怕的神情。

琼森气得浑身哆嗦，操起一根系索栓向爱德华走去。

"你给我下来！"琼森喝道。

"别，别，别……"爱德华吓得哭起来，一步也不敢动。哈里突然跑到厨房里躲了起来，虽然这事跟他一点关系都没有。

琼森以难得一见的灵活身手爬上了斜桅，一步步向爱德华靠近。爱德华看着那根吓人的系索栓，早已六神无主，只会哭着说："别，别!"眼看琼森就要过来了,爱德华翻身爬上旁边的一条支索,紧紧抓住桁木上的铁圈。

琼森回到甲板上,狂躁地搓着手,从来没见他这么生气过。他打发一个水手爬上桁木,拦住爱德华,把他赶下来。

如果不是有人打岔,我不敢想象爱德华会遭到什么厄运。但就在这时,蕾切尔从前舱的扶梯爬了上来。她反穿着某个水手的衬衣,像长袍一样拖到脚背上,手里拿着一本书,高声唱着"前进,基督的精兵"。走上甲板后,她停止了唱歌,目不斜视地大步走上前,朝奥托行了个屈膝礼,然后庄严地坐在木桶上。

大家都惊呆了,连琼森也忘了抓爱德华。蕾切尔默默地祈祷了一会儿,站起身来,念出一长串谁也听不懂的叽里咕噜。在家时他们每月都要去一趟圣安妮的小教堂,那里的牧师就是用这种声音讲道的,她模仿得惟妙惟肖。

蕾切尔教化海盗的计划开始了。这个时机选得真是太好了,谁能说这不是上帝的旨意呢?

奥托马上来凑趣,翻着白眼,伸开双臂,做出耶稣受难的姿势靠在舵手室的墙上。

琼森的火气顿时消退了不少,大步向蕾切尔走去。她的模仿真是逼真。琼森静静地听了一会儿,犹豫着不知道该不该大笑几声。最后,还是残留的火气占了上风。

"蕾切尔!"他大声呵斥。

她继续"布道",连气都不换:"叽里咕噜……教友兄弟们,叽里咕噜……"

"我不是什么虔诚的信徒,"船长道,"不过我绝不允许在我的船上拿宗教开玩笑。"

他一把抓住蕾切尔。

159

"叽里咕噜！"蕾切尔继续讲着，比刚才快了一点，声音也高了一些，"放开我！叽里咕噜！阿门！叽里咕噜……"

琼森坐在木桶上，把蕾切尔按在自己膝头。

"你这个坏海盗！你会下地狱的！"蕾切尔尖叫道。她终于说了一句能让人听懂的话。

船长开始打蕾切尔的屁股。他下手很重，蕾切尔又疼又气，尖声哭叫起来。

等船长把她放下来时，蕾切尔涨得满脸发紫，两个小拳头雨点般地擂在船长膝盖上。"下地狱！下地狱！下地狱！"她上气不接下气地喊着。

琼森把她的拳头拨到一边。蕾切尔哭着走开了，哭得声嘶力竭。

劳拉的行为一向莫名其妙。从摔倒后她就一直哭，哭到不疼了为止。然后也不知怎么想的，突然学起拿大顶来。从爱德华爬上支索，到蕾切尔戏剧性地出场，她都一直忙着练习倒立。蕾切尔挨打的时候，劳拉不小心向主桅倒去，双脚砸到了桅杆下面固定帆索的支架上。她决定不玩倒立了，还是打滚吧。说滚就滚，于是劳拉一口气滚到了船长脚边。蕾切尔在上面挨打，劳拉却对此视而不见，抱着腿躺在地上，膝盖顶着下巴，心不在焉地哼着小调。

4

艾米莉搬回了前舱。她回来做的第一件事就让生活变得麻烦起来。好像嫌外面的大海还不够,艾米莉宣布甲板也是海。除了把主舱当作岛屿,艾米莉还规定了另外几处栖身之地。其他的地方都是水,要穿过甲板就必须划船或游泳才行。

至于谁坐船,谁游泳,这要看艾米莉的意思。艾米莉不发话,谁也不知道自己该怎么走。不过劳拉在把这件事弄明白之后,决定每次都游泳。不管艾米莉让不让她坐船,劳拉都坚持游泳,因为她觉得这样安全。

有一次,大家告诉劳拉:"你已经安全上船了。"但劳拉的胳膊还在划来划去。爱德华忍不住说:"她可真傻!"

"我们小时候肯定也跟她一样傻。"哈里道。

孩子们很惶恐,因为没有一个大人能看见这片"汪洋"。水手们漫不经心地从"汪洋"最深的地方走过,胳膊都没有划一下。孩子们的大惊小怪让水手很

烦。他们待在"岛"上或"船上",用确凿无疑的口吻惊呼道:

"你快淹死了!天哪,小心!你被淹没了!鲨鱼会吃掉你的!"

"快看哪!米盖尔在下沉!水淹到头顶了!"

这可是水手们最忌讳的玩笑。他们听不懂英语,但孩子们的意思一目了然。虽然水手们还是不肯"游泳",但在走过甲板时会不停地画十字。谁知道这些小崽子是不是天赋异禀,拥有第二视觉呢?可怕的孩子![①]

其实,孩子们是在进行海盗训练。他们想预演自己长大后做海盗的情景:如何集体行动,如何各自为战。在这些公开演示中,他们并没有练习抢劫,但是每天晚上回舱后,他们都会争论得不亦乐乎。

玛格丽特也不肯游泳。孩子们不敢再劝她,只要一喊"你快淹死了",她就坐在地上哭。现在,不管玛格丽特在做什么,大家都默认她是乘着一艘小船,船上有饼干和清水,所以就不用管她了。

玛格丽特归队后,一直郁郁寡欢,很不合群。刚回舱时虽然跟其他孩子玩过推理游戏,但那只是昙花一现。此后她一连躺了好几天,睡觉时总是下意识地撕扯毯子上的线头。等玛格丽特能起来走动了,大家发现她比以前和气了许多,但再也不肯跟他们玩游戏。她看上去挺快乐的,只是一点想象力都没有。

虽然玛格丽特的统治地位被艾米莉取代,但她丝毫没有夺回来的意思。她不再支使别的孩子。故意招惹她也没什么意思,她的脾气已经变成了一潭死水。她现在不是被孩子们取笑,就是被孩子们忽视。只要是她说的话,大家都觉得很傻。

蕾切尔的教化工作失败后,也有好几天没跟大家玩。她宁愿自己坐在前舱里生闷气。她找到一枚铜钉,开始在舱底钻洞,想弄沉这艘

[①] 原文为西班牙语:hijos de puntas。

可恶的海盗船。劳拉看出了她的意图,赶紧跑去找艾米莉——她对蕾切尔这个计划的可行性毫不怀疑。

艾米莉下来,当场抓住了蕾切尔。钻了三天,舱底只留下一道浅浅的刻痕,可能因为她老是换地方吧。不过蕾切尔和劳拉都坚信,大水会喷涌进来,灌满船舱。虽然现在还没看见水,但劳拉觉得船体已经明显下沉了。

劳拉两手紧紧地攥在一起,不知道艾米莉对这迫在眉睫的灾难会有何反应。

结果艾米莉只说了一句话:"傻瓜,这样没用的!"

蕾切尔怒目而视:"别管我!我知道自己在干什么!"

艾米莉睁大了眼睛,脸上闪过一丝异样的神情:

"如果你再这样跟我说话,我就把你吊死在桁端上!"

"那是什么东西?"蕾切尔气哼哼地问。

"你现在应该知道什么是桁端了!"

"我才不想知道呢!"说完,蕾切尔又低头钻了起来。

艾米莉从角落里捡起一个大铁块,很沉,她几乎拿不动。

"你知道我现在要干什么吗?"她用假声问道。

蕾切尔应声抬起头,停止了钻孔。

"不知道。"她有点害怕了。

"我要杀了你!我已经变成海盗了,现在我要用这把剑杀死你!"

艾米莉这么一说,那个奇形怪状的铁块在蕾切尔眼里就变成了寒光闪闪的锋利宝剑。

蕾切尔看着艾米莉的眼睛,心里惴惴不安:她是认真的,还是开玩笑?

说实话,蕾切尔一直有点怕艾米莉。艾米莉那么高大,那么强壮,那么成熟(就像成年人一样),那么有心计!她是世界上最聪明、最有力量的人！她有强劲的肌肉、狡猾的头脑！现在，她目光严厉，看不出任何开玩笑的迹象。

艾米莉死盯着蕾切尔，她的脸上露出深深的恐惧。突然，蕾切尔甩开两条短短的胖腿，拼命向扶梯上跑去。艾米莉抡起铁块敲了敲扶梯，吓得蕾切尔差点摔下来。

铁块又大又沉，艾米莉费了半天劲才把它搬上甲板。搬着这个重家伙没法快跑，所以艾米莉追着蕾切尔跑了三圈还是没追上。爱德华在旁边喝彩助兴。蕾切尔在逃命中也没忘了划动胳膊做蛙泳状。最后，艾米莉大叫一声："我跑不动了，腿伤又犯了！"她扔下铁块，过去跟爱德华一起坐在舱盖上，累得呼哧呼哧直喘粗气。

"我会在你饭里下毒的！"她兴致勃勃地冲蕾切尔喊道。蕾切尔已经躲到绞盘后面，抱起了她安置在那里的"宝宝"们。她的母爱又开始泛滥，把自己感动得眼泪汪汪。

艾米莉意犹未尽地咯咯笑着。

"你犯什么毛病了？"爱德华嘲弄地问道。他挺起胸膛，自我感觉很有男子汉气概："你是不是得了笑症？"

"得笑症有什么不好。"艾米莉不想跟他起争端，"看看能不能把它传染给大家。劳拉，哈里，快过来！"

两个小家伙顺从地走过来。他们严肃而认真地盯着艾米莉的脸，等待着神迹的降临。艾米莉开始大笑，一声高过一声。两个小家伙很快就受到了感染，跟着她大笑起来，一个比一个笑得厉害。

"我控制不住了！停不下来了！"他们边笑边嚷。

"来呀，爱德华，看着我的脸！"

"不要！"爱德华断然拒绝。

艾米莉伸手去胳肢爱德华，很快他就憋不住了，爆发出一阵歇斯底里的大笑。

"我真的不能再笑了,肚子都笑疼了!"最后,哈里抱怨起来。

"咱们分开。"艾米莉趁着喘气的工夫提出建议。于是大家赶紧各自走开。很长时间内他们都不敢对视,担心自己会忍不住再笑起来。

劳拉最先摆脱了笑症。她突然发现自己的腋窝像个漂亮的小山洞,于是决定让仙女们住到这里来。这样想着,她就顾不上别的事情了。

5

琼森突然让何塞来掌舵,自己回舱去拿望远镜。回来之后他就趴到船栏上,一手拿着望远镜,一手在镜头上方搭起凉棚,仔细观察着夕阳中的一个小黑点。艾米莉温柔地走到船栏边,跟他挨在一起。她就像小猫一样,把脸贴到琼森的衣服上,轻轻地磨蹭着。

琼森放下望远镜,用肉眼看着远方,似乎觉得肉眼更可靠。过了一会儿,他又举起望远镜。

那又高又窄的帆,看上去像艘官船!整个海面空空如也,只有那一艘船,仿佛一根饱含威胁的食指,竖起在大海上。

琼森仔细避开了这个季节的正常航线,尤其注意躲开了在英属各岛之间例行巡逻的牙买加舰队。官船怎么会跑到这里?它在这儿根本没有用武之地呀,海盗也不会到这儿来找生意的。

艾米莉把胳膊绕在琼森腰上,轻轻抱了一下。

"看见什么了?让我看看。"她说。

琼森没说话,继续看着远处。

"快让我看看！我从来没用望远镜看过东西，从来没有！"

琼森啪地合上望远镜，低下头看着艾米莉。他一改往日的木然，抬起手来温柔地抚摸着艾米莉的头发。

"你喜欢我吗？"他问。

"嗯。"艾米莉回答，过了一会儿，她又甜甜地奉承道，"你很迷人。"

"你愿意帮我做一件……很困难的事吗？"

"是的，让我用一下望远镜吧，我从没用过，真的，我真的很想用一下！"

琼森无奈地叹了口气，在舱顶上坐下来。他想不通，孩子的脑子里到底装了些什么？

"听着，"他说，"我有重要的事情跟你说。"

"好吧。"艾米莉掩饰着自己的失望。她的眼睛在甲板上扫来扫去，不知道该看哪儿。琼森把她拉过来，靠近自己的膝头，想引起她的注意。

"如果有些很残忍的坏蛋要来杀死我，把你带走，你会怎么办？"

"太可怕了，他们真会这么做吗？"

"只要你肯帮我，他们就不会。"

艾米莉太激动了。她突然跳起来，跨坐到琼森腿上，把胳膊绕在他脖子上，从后面按住了他的脑袋。

"看看你能不能做独眼巨人。"说着，她紧紧抱住琼森的头，把脸靠上去，鼻尖对着鼻尖，额头碰着额头。他们的眼睛相距不到一寸，只见对方的脸慢慢变窄，两只眼睛交错到一起，变成了一只朦朦胧胧的大眼。

"真棒！"艾米莉嚷道，"你可以做独眼巨人！现在你的眼睛松动了，一只跑到另一只上面去了！"

夕阳沉到了海面上。有那么三十秒钟的时间，红霞清清楚楚地衬托出军舰的黑色剪影。琼森的心却很平静，他什么都没想，只是想起了宁静的吕贝克、小小的房子，还有那个绿色的瓷炉。

第九章

1

夜幕突然降临,把那根威胁的手指挡在了幕后。

琼森船长整夜都待在甲板上,也不管是不是他值班。这个晚上热得出奇,即便在这种热带地方也很少见。星光弥漫着,把近处的景物照出来,远处却什么也看不见。黑乎乎的桅杆直指星空,尖端似乎在轻微地晃动。夜色中,帆布上的皱褶仿佛伸展开来,变得平整了许多。升降索、稳索、转帆索在黑暗中看上去时断时续,横七竖八地互相交错着。

背后的罗盘箱发出淡淡的光,在窄窄的甲板上照出一道银河般的亮影。甲板的尽头向上翘起,第二斜桅的影子显得很短。斜桅探到船外,指向一颗紧贴在海平面上被放大的星星。

纵帆船行驶得很慢,艏柱①划开海水,发出轻微的唰唰声。船所到之处,宁静的水面就变得波光粼粼,轻柔地拍打着船身。海面就像一个异常敏感的神经组

---

① 艏柱(stem),船首的竖立曲柱,船壳木材嵌接其中形成船头。

织，船行过后，留下的那道水迹还在轻轻地抽搐，微微地闪着光。整个世界仿佛是一首交织着黑与白、光与影的畅想曲。然而，船上特有的焦油味打破了这种幻想——毕竟，船是人类发明的最严格、最实用、最朴素的机器。

几码之外，一群发光的鱼在不同深度的水里或明或暗地闪烁着。

可是几百码之外，什么都看不见！星光闪烁的海面延伸到远处，变成了一块黑沉沉的大幕布。眼前的景物清清楚楚，谁能相信有一艘船就在附近，却一点都看不见？即使用望远镜，即使瞪大了眼睛，还是找不到它的踪迹。

琼森在船的背风面踱来踱去，海风从船帆的凹面溢出，像一阵瀑布，吹在琼森身上，带给他一丝凉爽。他不时地爬到桅顶上去张望，可是高度并没有使他看得更远。他盯着茫茫的夜色，直到眼睛累得生疼才溜下来，然后接着踱步。如果一艘船熄灭所有灯火，即使在距他一英里之内也发现不了。

琼森并不相信直觉。可他今天有种异乎寻常的确信：敌人肯定就躲在附近，借着黑暗的掩护，准备置他于死地。他竖起耳朵，却只能听到哗哗的水声，还有一块松动的木板，偶尔发出几下撞击声。

要是有月亮就好了！琼森想起了十五年前的一件事。当时他在一艘贩奴船上当二副，货舱里关押着一群臭气熏天的黑奴。那天晚上，他们升起了所有的帆，在夜空下平滑地行驶。海面上突然出现一艘护卫舰，距离非常近，贩奴船几乎落入了它的射程。一眨眼的工夫，护卫舰就驶入了月光中。贩奴船迎着光，看不到护卫舰；护卫舰却背着光，能看见他们。敌暗我明，局面很危险。一声炮响传来，琼森觉得应该拨转船头赶紧逃命，可是船长却下令收起所有的帆。只剩下光秃秃的桅杆，船当然动不了，整夜都在原地打转，但是没有了反射月光的船帆，敌人也就看不到他们了。天亮之后，他们发现护卫舰已经随风驶出了好远，他们完全可以升起帆来，从容不迫地溜之大吉。

可是今晚不一样！没有月光相助，不知道敌人到底在哪儿。但他们一定在附近——这种感觉变得越来越强烈。

午夜过后，琼森又一次徒劳地爬下桅杆。他在前舱口站了一会儿，舱盖没有盖上，几乎能感觉到孩子们温暖的呼吸。玛格丽特在说梦话，声音很大，却一个字也听不清。

琼森突然心血来潮，沿着扶梯爬进了前舱。下面热得像个蒸笼。一只长着翅膀的蟑螂对熟睡的孩子们发起了进攻。甲板上只能听到哗哗的水声，下面却是一种欢快悦耳的汩汩声，还伴随着海水拍打船板的声响。对一个水手来说，这就是最动人的音乐。

劳拉躺在舱口下方淡淡的光线里。她把毯子踢掉了，当睡衣穿的背心一直卷到腋窝下。琼森想不通，这种青蛙似的小东西，怎么能变成曲线优美的女人呢？他弯下腰，想把劳拉的背心往下拽拽。可是刚碰到她，劳拉就猛地翻了个身趴着，膝盖蜷在身下，小屁股朝天撅着。她保持这个姿势继续酣睡，发出浊重的呼吸声。

琼森的眼睛慢慢适应了下面的黑暗。他发现有好几处模模糊糊发白的东西，看来孩子们大多都没盖毯子。但他没注意到艾米莉，她正坐在暗处观察他。

琼森转身离开。临走时，他好像想到一个主意，脸上露出好玩的微笑。只见他弯下腰，指甲在劳拉屁股上轻轻一弹。劳拉腾地把屁股缩回去，就像气球突然爆炸似的不见了。她照样呼呼大睡，只是变成了平趴的姿势。

琼森暗笑着爬上了扶梯。可是一回甲板，那种不祥的感觉再次袭来，而且越发强烈了。他能感觉到那艘军舰就躲在暗处，等待着时机！他第五十次爬上绳梯，抓住桁木，眯起眼睛四处察看。

甲板上多了一个白色的小小身影，正在蹦来蹦去。琼森认出了那

173

是艾米莉，但这想法一闪而过，没往心里去。

琼森疲劳不堪的眼睛终于捕捉到了一个比海面还暗的小黑点。他把视线移开，再移回来，看自己是不是眼花了。他没有眼花，黑点确实在那里，在船尾方向，不过看不清轮廓……琼森像实习水手一样，沿着横桅索闪电般滑落。他的"横空出世"差点把艾米莉吓死——艾米莉不知道上面有人。不过，琼森也被她吓得不轻。

"下面太热了，"艾米莉解释道，"我睡不着……"

"快下去！"琼森压低了声音怒吼，"你再给我上来试试！不许离开其他人，除非经过我允许！"

艾米莉吓得浑身发抖，跌跌撞撞冲向扶梯，以最快的速度爬了下去。她把自己从头到脚裹在毯子里，一方面是因为光着腿跑出去有点受凉，另一方面是因为她很委屈——她做错了什么？发生了什么事情？还没等她躺好，就听到甲板上有人快步走过来，紧接着舱口就盖上了，只留下一点缝隙。舱中伸手不见五指，黑暗如浓雾般滚滚而至，压得她喘不过气来。她伸手去摸，一个人也摸不到，自己也不敢挪窝。其他人都在睡觉。

琼森下令集合，全体船员静悄悄地聚到船栏边。那个黑点已经很清晰了，正在逐渐向他们靠近，不过比琼森想象的要小一些。他们侧耳细听对方的桨声，却什么也听不见。

突然间，那个黑乎乎的东西撞了上来，刮擦着船舷，撞击着船尾——原来是一棵枯树。看来它是洪水期间被冲到海里的，树枝上缠满水草，变成了奇形怪状的一大团。

尽管如此，琼森还是让全体船员在甲板上坚守到天亮。船员们轻松了许多，但还是认真执行了船长的命令。他们知道船长不是无能之辈，他的决定一般都是正确的，只是他在紧急情况下容易手忙脚乱，使自己显得有些鲁莽。

虽然有这么多人放哨，但是敌情再也没出现。

天边亮起第一缕曙光时，船员们的神经紧张到了极点。天一亮，他们的命运就要见分晓了。

直到天色大亮，琼森才终于确信，根本没有什么军舰。

实际上，昨天那艘军舰在琼森发现它一小时之后，就消失在地平线外了。

2

一夜惊魂使琼森终于拿定了主意。

他调整了航向,和往常不同,不再避开正常航线,而是设法加入其他东行船只的行列。

奥托难以置信地揉揉眼睛:这个家伙怎么了?他要为自己所受的惊吓实施报复吗?他想到船只最密集的地方去抢劫吗?这倒确实符合琼森的个性,如果他被狮子的吼声吓到过,那他下次一定会把头探到狮口中去。奥托敬佩琼森的勇气,但他什么都没问。

琼森到舱室里去,摸索着打开床底下暗藏的机关,掏出一叠破破烂烂的航海文件。这是他从哈瓦那一个小贩那里买到的。"约翰·道森号,从利物浦出发,开往塞舌尔[1],船上装有铸铁锅……"呸,这种信息在这片水域里能用得上吗?那家伙卖给他一堆废物!嗯,这份要好一些:"来自布里斯托的莉齐·格林号,从马坦萨斯[2]开往费城,没有货物,以重物压舱……"压

---

[1] 塞舌尔(Seychelles),坐落于非洲东部印度洋上的一个群岛国家。
[2] 马坦萨斯(Matanzas),古巴西北部港市。

舱航行是挺怪的,不过现在也管不了那么多了。琼森在这份文件的空白处填写好日期等相关信息,把其他文件重新藏好,以备下次使用。他再次回到甲板上,开始根据文件来发布命令。

首先要改装船头和船尾。何塞提着颜料桶翻到船栏外,给船刷上新名字"莉齐·格林"。也不知道这是第几次改名了。何塞不仅把名字刷在船尾的徽标处,甚至连救生筏、木桶都刷了个遍。船帆撤下来,换上了新的。这所谓的"新帆"其实旧得要命,令人见到之后很难忘记。主帆虽然没破,奥托还是给它缝了个大补丁,这样就更醒目了。琼森心想,一不做二不休,干脆把帆桁也拆了吧。好在他放弃了这个念头,要不然汗流浃背的水手们更有的忙了。

其实,琼森有一个永久性的伪装妙招——他的船上没有炮。炮虽然可以藏起来或扔到海里,但是甲板上磨出的凹槽怎么解释?很多海盗折在了这上面,教训是惨痛的。琼森的甲板上一道凹槽也没有,傻瓜都看得出来他从没装过炮。世上有不装炮的海盗吗?谁会相信啊?但是,琼森已经无数次证明:不用炮一样能抢劫成功。那些遭到抢劫的商船在汇报情况时总爱夸大其词,凭空捏造出一队"炮兵"。不知道他们是为了保全自己的颜面,还是由于思想保守认定海盗就应该有炮,反正琼森光顾过的每艘船都说见到了一排"隐藏的火炮",还有"四五十名最凶狠的西班牙海盗"。

当然,如果遇上海军的战舰,他们只能不战而降。可话又说回来了,即使你有炮,对抗海军也是不明智的。如果是艘大军舰,它会把你击沉。如果军舰很小,指挥官乳臭未干,那你可以把它击沉——然后你就死定了。惹恼了强大的国家军队,还不如当时就被击沉算了。

琼森总算想起了孩子们,赶紧把舱盖打开。孩子们都快憋死了。下面本来就又热又闷,全靠开着舱口来通风换气。舱盖虽然没有密封,但还是把前舱变成了一个黑洞。艾米莉总算睡着了,而且一觉睡过了头。她不停地做噩梦，中间惊醒过一次，猛地坐了起来，然后又虚弱地躺倒，大声打起了鼾。第二次，她是哭着醒来的，小家伙们也跟着哭了起来。就是这哭声提醒了琼森，为他们打开了舱盖。

孩子们都蔫了，琼森有些紧张。呼吸了一阵子新鲜空气之后，孩子们总算打起精神，注意到了船上正在发生的变化。

琼森心烦意乱地看着他们。一看就知道，孩子们没受到什么良好的照顾，只是他以前没有注意过。他们脏得不像话，衣服破破烂烂，有的地方用粗麻线胡乱缝了几针。头发不仅乱蓬蓬的，还沾满了柏油。多数孩子都面黄肌瘦，只有蕾切尔还是圆胖胖的，面色也还红润。艾米莉腿上的伤疤依然透着亮紫色，孩子们身上到处都是蚊虫叮咬的痕迹。

琼森让何塞别再涂涂刷刷了，递给他一桶净水，一把梳子（大副的，也是船上仅有的一把梳子），还有一把剪刀。何塞觉得莫名其妙——在他看来，孩子们也不是特别脏。不过他还是执行了任务。孩子们还没有完全缓过神，没什么力气挣扎反抗，被何塞不小心弄疼时，也只是轻轻呜咽两声。直到给孩子们梳洗完毕，何塞还是没过"保姆入门"这一关。

中午，莉齐·格林号改装完毕。根据那份伪造的文件，他们应该在"开往费城"的途中。没多久，他们在地平线上发现了两艘帆船。这两艘船几乎是同时出现的，离他们都很远。琼森考虑再三之后，选定了一艘，然后调整航向追了上去。

对于船长的用意，水手们的猜测跟奥托如出一辙。他们开始磨刀霍霍。我说过，荷兰人之死使他们发生了很大转变。这件事就像酵母一样，催化了他们的凶性。

与此同时，地平线上冒出一股蒸汽——又来了一艘大汽轮。奥托哼了一声：不成功，便成仁。他们离家很远，此处船行也很密集——

整个计划似乎都太冒险了。

琼森像往常一样，趿拉着鞋踱来踱去，紧张得直啃手指。突然，他转向奥托，把他叫到下面去。琼森看上去非常激动，两颊通红，眼神狂乱。他先是小心翼翼地在航海图上标出自己的方位，然后抬起头吼道：

"那些孩子，他们必须离开！"

"是。"奥托道。琼森没再说话，于是奥托接着问道："我猜你会把他们留在桑塔，对吧？"

"不！他们必须马上离开。我们有可能再也回不了桑塔了。"

奥托深深地吸了一口气。

琼森冲他吼道："如果我们被捕时船上有群孩子，这将置我们于何地，你知道吗？"

奥托的脸唰地变白了，接着又涨得通红。然后他缓缓地说：

"你必须冒这个险。除了桑塔，你还能把他们留在哪里？"

"谁说我要把他们留下？"

"你不能对他们干别的。"奥托不肯退让。

琼森烦躁的脸上闪过一丝恍然大悟的神情，奥托肯定是误解了他的意思。

"我们可以把他们缝进口袋，挂到船舷外面。"他揶揄地笑了起来。

奥托飞快地瞥了他一眼，顿时心下释然：

"你到底打算怎么办？"

"缝进小口袋，当然是缝进小口袋！"琼森继续卖关子，一边搓着手一边得意地笑着。所谓"关心则乱"，奥托是出于对孩子们的关心才错怪琼森的。琼森心情突然好转，乐呵呵地从奥托身边走过，回到了甲板上。

琼森选定的那艘双桅帆船太远了,而且处在上风口,不好追赶。于是他把船帆降低几分,一打舵轮,向那艘汽轮追去。

奥托吹了一声口哨,他多少猜出来船长要干什么了。

3

离汽轮越来越近，孩子们都兴奋了起来。他们从没见过这么大、这么奇特的船！那艘荷兰汽轮是老式的，构造上跟帆船出入不大。但眼前这艘汽轮已经很像现代的轮船了。虽然它的烟囱还是又高又窄，顶上还有个防雨盖，但其他部分跟我们今天常见的轮船已经差不多了。

琼森急切地打着旗语，汽轮很快就停了下来。莉齐·格林号转到汽轮的下风处，放下一艘小艇，琼森独自乘了上去。孩子们和船员们挤在船栏边，兴奋地目送着他。汽轮高耸的侧面放下一架小梯子，琼森穿着他黑色的礼拜日套装，戴着高耸的船长帽，登上了汽轮。时间是经过精心计算的：一小时之内就会黑天。

琼森的担子可不轻哪。首先，他事先编好了一套说法，解释孩子们是怎么来到船上的，他必须设法让人家相信这套瞎话；其次，他要把胖夫人拒绝过的提议向一个陌生人提出来，请求汽轮的船长接过他肩头的重担。

奥托虽然很少流露出不安的神情，但他心里不安的感觉还是很强烈。琼森的计划太冒险了，简直闻所未闻。只要人家稍微起一点疑心，他们就完蛋了。

琼森留下了指令：一旦发现情况不妙，赶紧逃走。

可是，风力在逐渐减小，天色却依然明亮。

琼森走进了汽轮，就像消失在密林深处。

艾米莉跟其他人一样激动，不停地寻找汽轮与帆船不同的地方。孩子们依然认为这是猎物，爱德华在公然吹嘘他占领汽轮后要做的事：

"我要砍下那个船长的头，扔到海里去！"

"嘘——"哈里发出一声舞台表演式的高声耳语。

"哼！怕什么？"爱德华对自己的装腔作势甚感满意，"杀了他之后，我就抢走所有的金子，自己留着。"

"我会把船击沉！"哈里效仿着爱德华，说完之后，又加了一句，"一直沉到海底！"

艾米莉没有说话，她完全沉浸在生动的想象之中。她看见他们占领了汽轮，船上堆满金银珠宝。她看见自己一路向前冲杀，赤手空拳打倒了一群长相粗野的水手。最后，只剩下汽轮的船长拦在她和宝物之间。

就在这时，那件事又发生了。她脑子里有个冷冷的声音突然发话："你怎么可能做到？你不过是个小女孩！"艾米莉仿佛从云端跌回地面，雄心壮志全都没了——她只不过是艾米莉。

荷兰船长血淋淋的脸突然浮现在眼前，艾米莉吓得魂飞魄散，下意识地后退了一步。不过它很快就闪了过去。

艾米莉紧张地环视四周。有人知道她的软弱无助吗？肯定有人注意到了。其他的孩子还在叽叽喳喳喧闹着，像小动物一样单纯；水手们腰间的匕首半隐半露,一个个咧嘴笑着,看上去跃跃欲试;奥托抱着胳膊,一动不动地盯着汽轮。

所有人都让她害怕、让她讨厌。

玛格丽特在对爱德华说悄悄话,爱德华不住地点头。艾米莉的心被恐惧紧紧攥住了。她在说什么?她是不是已经告诉所有人了?大家都知道了吗?他们仍然跟她玩,是不是假装不知道?他们会不会等到合适的机会就突然揭发她,用极端可怕的方法惩罚她?

玛格丽特说了没有?如果她现在悄悄走过去把玛格丽特推到海里,是不是还来得及?想到这里,艾米莉仿佛看到玛格丽特从水里升起来,海水只淹到她的腰部,她镇静自若地大声说出全部事实,然后径自爬回船上。

又一转念,艾米莉看到了自己的母亲,她胖胖的身材让艾米莉觉得很安心。母亲正站在封代尔庄园的门口,责骂家里的厨子。

艾米莉漫无目的地扫视着海盗船,只觉得满船都是邪恶。她突然觉得厌恶极了、疲惫极了。为什么她注定要过这种可怕的生活?难道她再也逃不掉,再也不能过正常女孩的生活,再也不能拥有爸爸妈妈和生日蛋糕了吗?

奥托在叫她。艾米莉顺从地走过去,预感到自己的末日来临了。奥托转身把玛格丽特也叫过来。

艾米莉讨好地望着大副,比那天对船长还要殷勤。天知道为什么!奥托心事重重,没注意到她眼中的恐惧。

琼森的任务很重,奥托自己的也不轻。他不知道该如何开始,而且他必须成功。

"我说,"他突然说道,"你们要去英格兰了。"

艾米莉飞快地瞥了他一眼。"是吗?"她半晌才回答,听上去兴致不高。

183

"船长到汽轮上去安排这件事了。"

"那我们就不再跟着你们了吗?"

"是的,你们要乘那艘汽轮回家了。"奥托说。

"我们以后再也不能见面了,是吗?"艾米莉追问道。

"不能,呃……也许会吧,有可能。"

"是我们都走,还是只有我们两个走?"

"当然是你们都走!"

"哦。我还以为不是呢。"

他们尴尬地沉默了一会儿,奥托琢磨着怎么进入正题。

"我们是不是应该回去准备一下?"玛格丽特问。

"听着!"奥托打断她,"等你们过去后,他们会提很多问题。他们会问你们怎么来到我们船上的。"

"我们不告诉他们,对吗?"

奥托愣了一下,没想到她这么快就领悟了。

"对,船长和我都希望你们别说。希望你们能把它当成一个小秘密,明白吗?"

"那我们应该怎么说呢?"

"就说……你们被海盗抓了,然后……他们把你们留在古巴的一个小港口……"

"就是那个胖女人住的地方吗?"

"是的。我们在去美国的途中经过这里,为了救你们,就把你们带到了船上。"

"明白了。"艾米莉说。

奥托不安地问:"你会这么说,然后隐瞒起真相吗?"

艾米莉用她特有的温柔眼神看着奥托。

"当然了!"她说。

好吧,他尽力而为了。奥托心里很沉重:这个小天使!他觉得这个秘密她可能连十秒钟都守不住。

"那么,你能让小家伙们明白吗?"

"是的,我会告诉他们的。"艾米莉轻松地回答。想了一会儿,她又说:"不过我觉得他们肯定记不住。还有别的事吗?"

"没了。"奥托说。于是他们各自走开了。

"他到底在说什么?"玛格丽特问道,"到底怎么回事?"

"闭嘴吧!"艾米莉粗鲁地说,"这跟你没关系!"

不过,在内心深处,艾米莉还是忐忑不安。他们就这么放过了她吗?他们是不是故意骗她,想在临行前的最后一刻拦住她?把她交给那些陌生人,是不是为了审判她的谋杀罪,然后绞死她?妈妈会不会在汽轮上等着救她?她很喜欢琼森和奥托,怎么忍心离开他们呢?还有这艘可爱又熟悉的纵帆船……各种乱七八糟的想法一下子充斥了她的头脑。但是,在小家伙们面前,她显得很坚强。

"过来!"她喊道,"我们要到汽轮上去了。"

"派我们去打架吗?"爱德华终于胆怯了。

"根本没有打架这回事。"艾米莉答道。

"又是看马戏吗?"劳拉问。

艾米莉告诉他们,这是旅途中的另一次换船。

琼森船长回来了,额头上亮亮的,全是汗。他一边用大棉布手帕擦着汗,一边催促孩子们快点行动。孩子们争先恐后地爬上小艇,匆忙间差点掉到海里。现在他们知道自己为什么需要梳洗了。

起初一切都很顺利,紧接着麻烦就来了。先是蕾切尔尖叫起来:"我的宝贝儿!"然后她就开始满船乱跑,到处捡拾那些碎布片、烂绳头、颜料罐……很快她怀里就抱不下了。

"我说,你别带那些垃圾走!"奥托劝阻蕾切尔。

"啊，宝贝儿，我不能丢下你们不管！"她悲切地哭起来。厨子及时地冲了出来，向蕾切尔追讨他的舀子——好一场物权争夺大战。

此地不宜久留，琼森打心眼里盼着快走。但不管怎样，总得跟孩子们好说好散吧。

何塞抱起劳拉递到船舷外。

"亲爱的何塞！"劳拉的感情突然爆发，紧搂着何塞的脖子不松手。

哈里和爱德华本来已经上了小艇，劳拉这一闹，他俩也手忙脚乱地爬回来——忘了说再见。于是，孩子们逐一跟船员道别，依次亲吻每个船员，亲昵和不舍溢于言表。

"快点，快点！"琼森不耐烦地催促着。

艾米莉猛地扑进琼森怀里，抽泣着，哭得心都碎了。

"别赶我走！"她哀求道，"让我留下来，永远陪着你！"她紧紧抓着琼森的衣领，把脸埋到他胸膛上，"我真的不想走！"

一阵莫名的感动席卷了琼森。他几乎有些动摇了。

不过其他的孩子已经上了小艇。

"快点！"奥托喊道，"要不然他们就不等你了！"

"等等我！"艾米莉喊道。一眨眼的工夫，她就冲到了小艇上。

琼森困惑地摇了摇头。最后这一次，艾米莉彻底把他弄糊涂了。

小艇向汽轮划去，孩子们冒着摔下去的危险站起来，使劲喊着："再见！再见！"

"再见！"水手们用西班牙语喊道。他们一边温情地挥着手，一边互相窃笑。

"到英格兰来看我们！"爱德华清亮的童音传过来。

"对！"艾米莉喊道，"来跟我们待在一起！你们都来！你们一定要来！"

"好吧！"奥托喊道，"我们会来的！"

"早点来！"

"我的宝贝！"蕾切尔哭喊着，"我丢下了我的宝贝！"

很快，他们就到了汽轮下，沿着一条绳梯爬了上去。

这艘船好高啊！他们好容易才爬上了甲板。

小艇掉头划了回去。

纵帆船悄悄开动，孩子们并未目送它离去。

他们很快就把它忘到了脑后。登上新船本来就让人兴奋，更何况是这样一艘汽轮！多么豪华呀！雪白的油漆，明亮的门窗！还有那些楼梯，那些铜饰！这儿不是仙境，而是不可思议的人间妙境。

可惜，他们没有时间仔细观察。所有的乘客都好奇地围了上来。当一个个蓬头垢面的小东西被抱上甲板时，大家都倒吸了一口气。他们听说过克罗琳达号的故事：据说它遭到了抢劫，凶手跟过去的加勒比海盗一样凶残，把无辜的孩子们带到船上折磨致死——这是那位德高望重的船长亲眼所见啊。现在，凶案的"受害者"突然出现在眼前，大家难免有些反应不过来。

率先打破僵局的是一位年轻漂亮的女士，身穿一条平纹布裙。她跪下来，温柔地把哈里揽进怀里。

"我的小天使，"她喃喃地说，"我小小的男子汉，你经历了多么恐怖的事情！怎么才能让你把它们忘掉？"

这就像是发出了一个信号，女乘客们全都挤了上来，怜爱地抚慰着孩子们。孩子们茫然不知所措。男士们站在外围，虽然不肯轻易表露情绪，却也觉得喉咙哽咽。

孩子们起初还有些困惑，但很快就适应了这个局面。哪个孩子不愿意成为万众瞩目的对象？他们感觉自己就是国王、女王！虽然困得睁不开眼睛，孩子们却不想上床睡觉。他们从没受到过这样的待遇，

187

谁知道这种好事能持续多久？还是抓紧时间享受吧。

又过了一会儿，孩子们变得心安理得起来，相信这是他们应得的权利，感觉自己真的成了重要人物——独一无二的重要人物。

只有艾米莉站在一旁，怯生生地回答着别人的提问。她没像其他孩子一样陶醉于自己的重要地位。

乘客们大惊小怪，啧啧称奇，连他们的孩子也跟着起哄。也许他们意识到这是逃避睡觉的好机会，纷纷拿出了自己的玩具（也可能是大人让他们拿的），争先恐后地献给这些新来的"偶像"。

一个跟蕾切尔差不多大的小男孩悄悄向她走来。他有一双棕色的眼睛，脸上挂着友好的微笑，长发梳得光溜溜，衣服干净整齐，散发着甜香。

"你叫什么名字？"蕾切尔问。

"哈罗德。"

蕾切尔也说出了自己的名字。

"你有多重？"他问。

"我不知道。"

"你看上去挺重的。我试试能不能抱起你来，行吗？"

"行。"

他从后面抱着蕾切尔的肚子，使劲后仰，把她拖离地面，跟跟跄跄地前进了几步。等他把蕾切尔放下，两个人就成了好朋友。

艾米莉矜持地站在一边，大家都下意识地不来打扰她。她心里仿佛有一根弦崩断了。突然，艾米莉扑倒在甲板上——她没有哭，而是疯狂地踢打着甲板。一位体态丰腴的女乘务员把她抱起来，带到一间整洁的客舱里。艾米莉从头到脚都在发抖，女乘务员温柔地抚摸她，跟她说着话，帮她脱了衣服、洗了热水澡，然后把她抱到床上。

艾米莉有种奇怪的感觉，仿佛脑子不是自己的了：它不停地唱着，像车轮似的滚来滚去，根本不受控制。而身体却变得极为敏感，饥渴地捕捉着各种触觉：床单柔软、光滑、凉丝丝的；床垫软绵绵的，很舒服。艾米莉每个毛孔都舒张开来，贪婪地畅饮着这种令人陶醉的感觉。一种真实的平静贯穿了她的身体，慢慢浸入骨髓中。随着身体的平静，头脑也渐渐恢复了条理。

女乘务员说了些什么，艾米莉都没听进去，只记得有一句话在不停地重复："那些坏男人……男人……只有男人……那些残忍的男人……"

男人！几个月来，她接触到的全是男人。再次回到女人身边真是太幸福了。当好心的女乘务员弯下腰来亲吻艾米莉，艾米莉紧紧抱住她，把脸埋进她温暖柔软的身体。上帝啊，这跟琼森和奥托那结实坚硬的躯体太不一样了！

女乘务员站起身来，艾米莉上下打量着她，大眼睛里露出了好奇的神色。她丰满的胸部把艾米莉迷住了。艾米莉可怜兮兮地捏了捏自己小胸脯——瘦巴巴的。她能长出女乘务员那样漂亮、巨大的乳房吗（裹住她乳房的那件衣服就像个聚宝盆）？或者，她能长出像玛格丽特那样坚实的"小苹果"吗？

感谢上帝没有把她造成一个男孩！她一下子对整个男性群体充满了厌恶。现在，她觉得自己从头到脚都是女的。女性有个莫名其妙的习惯——心里藏不住话，喜欢把秘密透露给她们信赖的人。艾米莉突然做了一个非常女性化的举动：

她伸臂抱住了女乘务员的头，把嘴巴凑到她耳边，急切地低语起来。

女乘务员的表情先是难以置信，接着是极度震惊，最后变成了坚决果断。

"天哪！"她喊道，"这些厚脸皮的恶棍！太无耻了！"

她随即冲出了客舱。你可以想象,当船长听到她的转述,得知自己被骗之后,会惊讶成什么样子。

女乘务员出去后,艾米莉躺在那里,两眼空空洞洞的——这可不是她常有的表情。她很快就睡着了,发出均匀的鼻息,满足地进入了梦乡。

可惜她只睡了十分钟。客舱门打开,把她惊醒了。蕾切尔和她的小男朋友站在门口。

"干什么?"艾米莉语气不善。

"哈罗德带来一条短吻鳄。"蕾切尔说。

哈罗德走上前来,把一条小短吻鳄放到艾米莉的床单上。它真的很小,大概只有六英寸,还是个小崽儿。但它的模样与成年短吻鳄分毫不差:扁平的鼻子、圆圆的前额——这就是它们同普通鳄鱼的区别。它急切地爬来爬去,就像个发条玩具。哈罗德揪着尾巴把它提起来,小家伙四爪张开,像钟摆一样左右摇晃。哈罗德把它放下之后,小鳄鱼恼怒地张开嘴巴,低声咆哮。它没有舌头,只有两排新生的小牙,就像砂纸上面的砂粒。哈罗德把手指伸出来,小鳄猛地探头咬住,动作迅雷不及掩耳。它饿坏了,热乎乎的嘴巴含住哈罗德的手指不放,可惜牙齿实在太细嫩,连一个孩子的手都咬不疼。

艾米莉深吸了一口气,这个小东西太神奇了。

"今晚让它留下陪我行吗?"她问。

"好啊。"哈罗德回答。这时有人在外面喊他和蕾切尔,于是他们就走了。

艾米莉快乐得手舞足蹈。一条短吻鳄!她今晚要抱着一只短吻鳄睡觉!她曾经以为,地震之后不会再有什么令她兴奋的事了。但她没想到还有这种机会。

"从前有个女孩叫艾米莉,她抱着一条短吻鳄睡觉……"

小鳄鱼喜欢温暖，于是循着热源慢慢往上爬，一直爬到艾米莉面前，离她的脸只有五六英寸。一条小鳄鱼，一个小人儿，大眼瞪小眼地看着对方。

　　短吻鳄的大眼睛鼓在外面，亮晶晶的黄眼珠中间有一道狭窄的瞳孔，有点像猫眼。一般人觉得猫眼睛里没什么表情，但仔细观察就会发现丰富的情绪变化。不过，短吻鳄的眼神确实比较生硬，它毕竟是冷血动物。

　　这样的眼睛里自然没有多少表情，但艾米莉仍然盯着它不放。小鳄鱼也盯着她。如果此时有人进来，肯定会大吃一惊：这种人鳄对峙挺吓人的。

　　小鳄鱼张开嘴，又开始嘶嘶地低吼。艾米莉伸出一根手指去摩擦它的下颚。小鳄发出满意的咕噜声，接着闭上了眼睛。它有两层眼皮，先是薄如蝉翼的内眼皮由前至后伸展开来，然后是厚重的外眼皮自下而上包住眼睛。

　　突然，它再次睁开双眼，在艾米莉手指上猛地一咬，然后就急急忙忙钻进了她的睡衣领口。它冰凉而粗糙的躯体在艾米莉身上爬来爬去，最后总算找到一个地方停下来休息。奇怪的是，艾米莉坦然处之，一点都没有畏缩。

　　短吻鳄是不可驯服的。

4

琼森和奥托站在甲板上,看着孩子们爬上汽轮。等他们的小艇回来,汽轮就出发了。

事情办得干净利落。谁也没怀疑过他的话,当然了,他的话也基本接近实情。

孩子们走了。

琼森立刻感觉出了船上的变化。毕竟,这是一艘男人的船。他伸伸懒腰,长出了一口气——总算卸掉了这副让他焦头烂额的重担。何塞正在勤快地把蕾切尔的"宝贝"们收拾起来,扫到背风面的排水口。他打来一桶水泼在甲板上,水哗地冲开了挡板。于是那堆垃圾全都不见了,终于!

"封死前舱!"琼森命令道。

水手们几个月来从没这么开心过,看来刚刚卸掉的这副担子确实不轻。他们边工作边唱歌,其中两个人开心地嬉闹起来,互相揺了几记重拳。纵帆船重振阳刚之气,在清新的晚风中扬帆而去。船头突然溅起一股水花,喷了琼森一脸。他像狗一样揺了揺湿漉漉的脑袋，龇着牙笑起来。

朗姆酒端了上来。自从荷兰船事件之后，他们滴酒未沾。今天终于开禁了，众人喝了个酩酊大醉。甲板上躺倒一片，还有人把头探到排水口外大吐不止。何塞像巴松管[①]一样低沉地打着嗝。

天已经很黑了，风力在渐渐变小。静静的夜空中，可以听到桅顶桁木随着船的起伏在叮叮当当地撞击着桅杆。船帆一会儿鼓起，一会儿松懈，发出啪啪的声音，像是在开心地鼓掌。只有琼森和奥托没喝醉，但他俩心情挺好，不愿去约束部下。

汽轮早已消失在夜色之中。琼森把昨晚的不祥预感抛到了脑后。他完全没料到艾米莉对女乘务员说的悄悄话，也没料到汽轮不久就遇上一艘英国炮舰，跟它打了很长时间灯语，炮舰已经开始全速追赶。他的心情平静，没有一丝不祥的预感。

他疲劳到了极点，这一天一夜过得太艰苦了。值班一结束，他就匆匆忙忙回到舱室躺下来。

琼森没有立刻睡着。他还在回味自己刚走的这步棋。真是太明智了！他把孩子们毫发无损地交了出去，马波尔就等着名声扫地吧。起初他想过把他们留在桑塔露琪亚，但现在的解决方案无疑更为圆满。桑塔露琪亚毕竟是个偏远的小地方，万一他被捕却交不出孩子来，那就百口莫辩了。

当时，他真的是进退两难：是随船带着他们，以证明自己没杀过孩子？还是找个地方把他们放下，好给自己省点麻烦？第一种情况虽能证明自己没犯谋杀罪，却难免会暴露自己犯了抢劫罪。第二种情况更危险，交不出人来，就是死路一条。

可他最后想出了这个两全其美的好主意，所有问题都迎刃而

[①] 巴松管（bassoon），也叫低音管，一种声音低沉的木管乐器。

解了。

好险啊,差点杀了那个叫玛格丽特的小婊子……幸亏后面的人把她捞了起来……

灯光打到床上,照亮了旁边的半堵墙,上面满是艾米莉的涂鸦。琼森看到之后,忍不住皱起眉头,同时心里一阵刺痛。他记得艾米莉躺在这里的样子,虚弱而无助。他突然发现,自己最少能记住四五十件艾米莉的事。艾米莉的身影一下子填满了他的心。

她用过的铅笔还扔在床上,琼森的手恰好碰到了它。墙上还有些地方没画满。

琼森只会画两样东西:船和裸女。他能纤毫毕现地画出自己喜欢的几种船型,甚至能画出他驾驶过的每一艘船。女人也是如此。他画的都是些艳丽丰满的裸体女人,姿态各异,角度多变:正面的、背面的、侧面的、俯视的、仰视的,立体感非常强。但他只会画这两样,别的什么都不会。即使让他给那些裸女画上衣服,他也画不出来。

他拿起了铅笔。很快,艾米莉那些拙劣的涂鸦之间出现了丰满的大腿、浑圆的小腹、高耸的胸脯,看上去很像鲁本斯[①]的风格。

琼森一边"补壁",一边为自己的精明而沾沾自喜。确实有点侥幸,差点杀了玛格丽特——要是孩子少了一个,还真是不好交代。

突然,他想起一件事,仿佛一盆凉水当头浇了下来。他早把这件事忘光了。琼森的心突地沉了下去。

"嗨!"他朝甲板上的奥托大声喊道:"那个在桑塔摔断脖子的男孩叫什么来着?吉姆,还是山姆?"

奥托没说话,却长长地吹了一声口哨。

---

① 鲁本斯(Peter Paul Rubens,1577—1640),17世纪佛兰德斯画家,作品中的裸女以丰满迷人著称,可参看其名作《劫夺留西帕斯的女儿》。

第十章

1

乘汽轮前往英格兰的路上，艾米莉长高了不少。这个年纪的孩子跟竹笋似的，一夜之间就拔高一大截。长高没有使她变笨拙，反而给她增添了几分优雅。她的四肢虽然变长了，纤巧却不输从前；她的面孔庄严成熟了一些，但魅力依旧。唯一的坏处就是她老觉得腿疼，偶尔还会背疼，但她从不表现出来。船上的乘客给他们凑集了新衣服，所以旧衣服穿不上了也没什么关系。

艾米莉很乖。羞涩逐渐退去之后，她成了船上最讨人喜欢的孩子。不知为何，玛格丽特有点不招人待见，年长的女士们经常看着她暗暗摇头。人人都看得出来，艾米莉比她懂事得多。

你肯定想不到，爱德华梳洗打扮几天，居然成了个不错的小绅士。

蕾切尔很快就"甩"了哈罗德，重操旧业当起了"单身母亲"。她不再那么窘迫了，因为人家送给她几个真正的布娃娃。哈罗德转而跟劳拉成了"至交"，尽管劳拉比他小得多。

汽轮上的孩子大多跟船员交上了朋友,他们对船上的工作充满好奇,连擦洗甲板都看得津津有味。有一天,一个船员爬了一小段缆绳(汽轮毕竟不是帆船,没有多少缆绳可爬),下面的孩子顿时惊羡不已。但在桑顿家的孩子看来,这算什么呀?爱德华和哈里对引擎更感兴趣,艾米莉则喜欢跟道森小姐待在一起。道森小姐就是那位穿平纹布裙的年轻女士,艾米莉经常搂着她的腰在甲板上散步。有时候,道森小姐会取出水彩颜料,画那些夹杂着漂浮物的海浪;有时候,她会用干花做花环,挂在她亲戚们的照片上。艾米莉喜欢看她做这些事情。有一天,道森小姐把艾米莉带到自己的客舱里,给她看自己的衣服和各种用品,足足花了几个小时才看完。对艾米莉而言,一个崭新的世界向她敞开了。

刚上船那天,艾米莉一时冲动,把海盗的事告诉了女乘务员。后来船长把她叫去仔细询问,她却一个字也不肯多说。她看上去深受打击,不知是因为害怕,还是因为后悔。船长什么都问不出来,最后只能作罢。他想,也许艾米莉愿意挑个合适的机会,把事情告诉她的新朋友。可他错了,艾米莉再也没提过跟海盗有关的话题,她更愿意听别人讲英格兰。她终于要去英格兰了——那个奇妙而浪漫的国度!

路易莎·道森是个聪明的年轻人。她看出艾米莉不想谈那些恐怖的经历,但她认为说出来要比憋在心里好。几天过去了,艾米莉没有主动开口的意思,于是她决定自己发问。每个人对海盗都有些先入为主的观念,道森小姐也不例外。这些小家伙能死里逃生,简直就是上天的奇迹。

有一天,她突然问艾米莉:"你们在纵帆船上的时候,住在哪里?"

"哦,在货舱里。"艾米莉平静地说,"你刚才说,这是你的叔祖父沃恩?"

货舱里!她早该知道了。没准还被捆着呢。海盗像对待黑奴那样把可怜的孩子关进暗无天日的货舱,老鼠在他们脚边跑来跑去,只能靠水和面包维持生命。一定是这样的!

"他们打仗时你害怕吗?你有没有听到头顶上打仗的声音?"

艾米莉用温柔的眼睛望着她,没有说话。

路易莎·道森确实很聪明,她赶紧转移话题,免得艾米莉痛苦。可是她好奇得要命。艾米莉不肯说话,使她有点恼火。

有两件事她特别想问。其中一件很难启齿,而另一件她实在憋不住了。

"亲爱的,"道森小姐伸臂搂住艾米莉,"你见过海盗杀人吗?"

艾米莉身子一僵:"没有,我们怎么会见到?"

"那你有没有见过尸体?"道森小姐追问,"有没有见过死人?"

"没有。"艾米莉说道,想了想,她又改口说,"不多。"

"哦,可怜的小家伙!"道森小姐抚摸着她的额头。

虽然艾米莉三缄其口,爱德华却信口开河。他知道别人想听什么,那也正是他想说的。爱德华越来越相信,他跟哈里排演的那些场景都是真的。而哈里也支持他的说法。

大家都相信他的话,爱德华心里美滋滋的。想听血腥的海盗故事,就去找爱德华吧,他不会让你空手而归的。

蕾切尔没有驳斥爱德华的夸夸其谈。海盗都是坏蛋,坏得不得了——她已经亲身验证过了。所以,他们肯定干过爱德华说的那些坏事,只是她没看见而已。

道森小姐很少这样追问艾米莉。她是个有理性的人,愿意循序渐进。于是,她花了大量时间来跟艾米莉联络感情。

她乐意给艾米莉讲英格兰的情况。但她想不通:艾米莉有过那么多冒险经历，却对乏味的生活琐事如此着迷！

道森小姐把伦敦的样子描述给艾米莉听：那里的车辆川流不息，交通时常发生拥堵；货物源源不断地运进来，仿佛取之不尽、用之不竭。她还说到了火车，但是艾米莉想象不出来。她猜想火车的样子应该跟这艘汽轮差不多，只不过是在陆地上开的——但她知道肯定不对。

道森小姐真是太了不起了！她见过那么多神奇的事物！艾米莉再次产生了"时不我待"的感慨，就像在琼森舱室里养伤时一样。再过几个月，她就满十一岁了。这么多年来，发生过什么有意义的事吗？虽然她经历过一次地震，还曾经抱着短吻鳄睡过觉，可这怎么能跟道森小姐的经历相提并论呢？在道森小姐看来，伦敦也没有什么了不起，她坐火车的次数多得都数不清了！

地震——那是艾米莉的宝贵财富。她敢不敢告诉道森小姐？能不能让道森小姐对她刮目相看？以此表明即使是小小的艾米莉，也有过这样的经历。不过艾米莉没敢说。如果道森小姐对地震已经像对火车那样司空见惯，那她岂不是很没面子？这个结局她是无法接受的。短吻鳄就更别提了。道森小姐让哈罗德把它拿远点，短吻鳄对她而言不过是条害虫。

有时候，她们不说话，只是静静地坐着。道森小姐温柔地抚摸着艾米莉。她一会儿看看艾米莉，一会儿看看嬉闹的小家伙们，实在想象不出这些快乐的小东西在过去的几个月里曾经九死一生。他们是怎么活下来的？如果换成她自己，恐怕早就吓死了。就算不死，她也肯定会疯掉。

战胜片刻的危难就已经很了不起了，这些孩子却在危难中坚持了好几个月……实在太难以置信了！

还有那个难以启齿的问题，她真的太想知道了。只要能营造出合适的氛围,她一定会问的!

然而,艾米莉对她的热情在减退。终于有一天,危机爆发了。那天,道森小姐连续吻了艾米莉三下,告诉艾米莉以后叫她"露露"就行了。

艾米莉惊得跳了起来——用小名来称呼她心目中的女神?她的脸涨得通红。大人的名字是神圣不可侵犯的,怎么能让小孩随便叫呢?这么做太失礼、太不敬了。

道森小姐居然让她做这样的事情,艾米莉窘得就像看到教堂里写着"请随地吐痰"一样。

不过,既然道森小姐这么说了,以后就不能再管她叫"道森小姐"了。但是要用那个名字来称呼道森小姐,艾米莉真的做不到。

于是,有一段时间艾米莉千方百计地避免称呼她。可是这么做实在太难了,这使得交流变成了一件很痛苦的事。最后,艾米莉干脆躲着不见她了。

道森小姐感觉委屈极了:她到底怎么得罪那个奇怪的孩子了(她以前还管艾米莉叫"小仙女"呢)?艾米莉曾经那么喜欢她,可现在……

道森小姐常常用受伤的眼神看着艾米莉在船上到处转悠,而艾米莉则红着脸匆匆躲开。直到汽轮抵达英格兰,她们再也没好好说过话。

2

导航员来过了。他把消息带回岸上，很快就惊动了《泰晤士报》。

桑顿先生和太太接到噩耗之后悲痛欲绝，牙买加顿时成了伤心之地。他们廉价卖掉封代尔庄园，直接回了英国。桑顿先生很快就在伦敦找到工作，给几份殖民地报纸写剧评。他不断地促请皇家海军远征古巴，对其纵容海盗的行为严加惩处。

这天早上，就在汽轮抵达蒂尔伯里港①的时候，《泰晤士报》把一个天大的消息送到了桑顿家。雾很浓，汽轮好不容易才驶进码头。透过浓雾能听到港口的嘈杂，却看不见东西。码头上人声鼎沸，钟声当当作响。孩子们挤作一团，兴奋地朝岸上张望。他们的眼睛什么都不想错过，但是什么也没看清楚。

道森小姐暂时接管了孩子们。她打算先把孩子们送到自己姑母家里，然后再想办法跟他们的亲人联系。

---

① 蒂尔伯里（Tilbury），伦敦外围泰晤士河上的一个港口。

于是孩子们跟着她登岸，乘上了一列火车。

"我们为什么要躲到这个箱子里？是要下雨了吗？"哈里问道。

蕾切尔沿着陡峭的扶梯爬了好几趟，总算把布娃娃全搬了进来。

他们一入河口就被雾包围了，现在雾更是越来越浓了。起初他们坐在那里，什么也看不见，后来有个人进来，点亮了一盏灯。孩子们感觉不舒服，天气冷得要命。这时另一个人进来了，端着一个又大又扁的东西，热乎乎的。道森小姐说这里面装满了热水，是用来暖脚的。

艾米莉终于坐上了火车，可她不相信这个东西能开动。就在她越来越坚信火车动不了的时候，火车却突然颠簸着冲了出去。如果给炮弹系上缰绳，发射出去肯定就是这样的。

孩子们不再四处张望，他们看得累了。从蒂尔伯里到伦敦的路上，他们一直在玩猜硬币游戏①，甚至连火车停了都没发现。最后，他们老大不情愿地下了火车，一出去就被伦敦特有的黄色浓雾给包围了。浓雾再次提醒了孩子们，这里是英格兰，一定要睁大眼睛，别错过什么新鲜东西。

他们这才发现，火车开到了一座大房子里面，周围亮着昏黄的灯光，弥漫着怪异的橙色烟雾。就在这时，桑顿太太看见了他们。

"妈妈！"艾米莉喊了起来。她没想到自己见到母亲会这么高兴。而桑顿太太高兴得几乎发疯了。小家伙们先是愣了一下，紧接着就跟在艾米莉后面扑了过去。桑顿太太觉得自己好像变成了阿克特翁②，被一群小野兽包围着，他们猴子一样的小手把她的衣服都扯破了。不过她一点都不在乎。至于桑顿先生，他也忘了自己是多么不喜欢煽情

---

① 猜硬币游戏（Up-Jenkins），英国传统的儿童游戏，由一组人在桌子下面传递硬币，另一组人猜硬币在谁手中。
② 阿克特翁（Actaeon），希腊神话中的年轻猎人，因得罪狩猎女神而变成了鹿，被自己的一群猎犬咬死。

场面了。

"我抱着一只短吻鳄睡过觉!"艾米莉不断地喊着,"妈妈,我跟一只短吻鳄一起睡过觉!"

玛格丽特站在后面,手里提着大家的东西。她的亲戚都没来。桑顿太太终于看见了她。

"嗨,玛格丽特……"她含含糊糊地说。

玛格丽特微笑着走过来,亲了亲桑顿太太。

"走开!"艾米莉生气地叫起来,一拳打在玛格丽特胸前,"这是我的妈妈!"

"走开!"小家伙们也嚷道,"这是我们的妈妈!"

玛格丽特退到暗处。桑顿太太被喜悦冲昏了头脑,完全没注意到孩子们的无礼。

好在桑顿先生没有完全失去理智。"来吧,玛格丽特!"他说,"玛格丽特好孩子,我带你去找辆出租车!"

他挽起玛格丽特的胳膊,绅士似的欠了欠身,带着她走上月台。

他们找到一辆出租车,把它叫到车站里,大家全都坐了进去。桑顿太太只来得及跟道森小姐说了句:"你好——啊——再见!"

这么多人塞进一辆车可真不容易。就在这时,桑顿太太突然问道:

"约翰呢?"

孩子们顿时安静下来。

"约翰在哪里?他没跟你们坐火车来吗?"

"没有。"艾米莉干巴巴地回答。

桑顿太太从一个孩子脸上看到另一个孩子脸上。

"约翰!约翰在哪里?"她茫然地问道,声音中透出一丝不安。

道森小姐困惑的面孔出现在车窗外:"约翰?谁是约翰?"

204

3

桑顿先生在哈默史密斯置办了一处房子，紧邻奇西克河岸①，孩子们到达英格兰后的第一个春天就是在这里度过的。而琼森、奥托和他们的船员就关在不远处的新门监狱②。

他们没能逃脱炮舰的追捕，被带到了英国。炮舰开到泰晤士河之后，就把他们押送到了那里。

孩子们一直很迷惑：伦敦不是他们想象中的样子，但比想象中更令人惊奇。他们时常会有恍然大悟的感觉：原来这就是父母说过的那件东西啊，跟他们的想象太不一样了！圣马太肯定也有过这种感觉，因为他总是说："这就应了某某先知的话……"③

"快看啊！"爱德华嚷嚷起来，"那个商店里只卖玩具！"

----

① 奇西克（Chiswick），泰晤士河流经西伦敦奇西克区的一段。
② 新门监狱（Newgate），英国著名监狱之一，位于西伦敦。
③《圣经·新约·马太福音》中经常出现的叙事方式，例如在描述完一件事之后，补充说"这就应了先知耶利米的话"。

"难道你忘了……"艾米莉道。

是的,有一次他们到圣安妮去看爸爸的百货商店,妈妈说过伦敦有的商店卖玩具和百货,还有的商店只卖玩具。那时他们甚至不知道什么是玩具。英格兰的一个表亲曾经给他们寄过昂贵的蜡像娃娃,可是没等盒子打开蜡像就化掉了。因此,他们仅有的娃娃就是几个用碎布包起来的空瓶子。这种简易娃娃比蜡像好多了,你可以摸它,还可以把它塞到衣服里,反正也不会化。如果你给它灌点水,水很快就会蒸发,看上去就像娃娃把食物"消化"了一样。孩子们把方瓶子当作男娃娃,圆瓶子当作女娃娃。

他们还有一些玩具,都是大自然的产物:奇形怪状的树枝、各种各样的水果和果核。妈妈的话让他们很奇怪:怎么会有商店专门卖这些东西呢?但是这个想法很好玩,于是他们开了一家自己的"玩具店"。水池边有几丛棉花,长得非常粗壮,仿佛踩着高跷一样拔地而起,下面形成一个小小的穹庐。孩子们把其中一棵当作"店面",树皮、果核挂得琳琅满目。他们轮流当售货员,把"玩具"卖给其他人。因此,只要说到"玩具店",他们脑中浮现的就是这棵棉花。伦敦真正的玩具店让他们大吃一惊,虽然一定程度上"应了某某先知的话",但也差得太远了吧!

他们的新房子很大。虽然不是豪华宅邸,没有沿河花园,但也算得上宽敞舒适。

可是河水太脏了!孩子们觉得退潮时的烂泥总比涨潮时的臭水好些,所以经常在退潮后爬下河岸,到烂泥中去寻宝。他们每天都带着一股下水道的气味回家。桑顿先生很爱干净,下令在地下室门口常备一桶水,孩子们不洗干净就不让进屋。他已经很宽容了,其他人家根本就不允许孩子下河。

艾米莉也不下河,只有几个小家伙还在"同流合污"。

桑顿先生经常在剧院待到深夜，回家之后就坐下来写东西。天亮时，他就该出门发稿件了。孩子们起床时正好能听见爸爸回家、上床。他工作中要喝威士忌，睡前也要喝一点。上午是他的休息时间，孩子们都不许高声喧哗。等到中午，桑顿先生就会起床吃饭。他总是对食物挑三拣四，跟妻子吵架，而桑顿太太会千方百计地哄他吃一点。

那个春天，就像在汽轮上一样，孩子们仍然是众人关注的焦点。说起这些可怜的小东西，人们难免会咂嘴叹息一番。他们成了家喻户晓的人物，只是自己还不知道——那时候，向孩子隐瞒消息比现在要容易得多。亲朋好友把自己对海盗的看法灌输给孩子们：那些邪恶的匪徒，曾经如此这般虐待过你们。来访的小孩都想看看艾米莉腿上的伤疤。蕾切尔和劳拉尤其让人心疼，这两个小家伙如此年幼，不知道吃了多少苦头！大人还把约翰的英雄事迹说给孩子们听：他是英勇牺牲的，如果他能够长大参军，他也一样会这么做；他是真正的英国绅士，像古代的骑士一样忠诚勇敢；你们应该以约翰为荣，他为了保护你们与海盗斗争到死！

爱德华改变了立场，不再吹嘘自己如何跟琼森并肩作战，而是自己如何英勇不屈地反抗琼森。人们依然毫不怀疑，甚至还对他大加称赞。

孩子毕竟是孩子，大人说什么，他们就信什么。很快，他们就把大人的说法和自己的记忆混淆了。在他们心目中，大人有着至高无上的权威，自己的记忆怎么可能比大人的说法更准确呢？

桑顿太太感情丰富，但不失基督徒本色。虽然她将为约翰之死痛苦一生，但她告诉孩子们要感谢上帝，因为上帝让约翰死得光荣，给他们留下了榜样。她还让孩子们替海盗祈祷，请求上帝原谅他们的残暴。她说只要海盗在人间受到惩罚，上帝就会原谅他们的灵魂。孩

207

子们大多似懂非懂,劳拉则是完全不懂,她毕竟太小了。虽然她念着一样的祷告词,却不是在"替"海盗祈祷,而是"向"海盗祈祷。渐渐地,只要一听到"上帝"这个词,劳拉脑海里就会浮现出琼森船长的形象。

4

日子一天天过去了，他们的经历变成了往事。艾米莉已经长大了，不会将祈祷大声说出来，所以没人知道她是怎么为海盗祈祷的。事实上，没有人知道艾米莉到底在想什么。

这天，桑顿一家人乘出租车进城，来到了律师公会。下车后，他们穿过几段弯弯曲曲的小路，又爬了很多楼梯，最后走进一个大房间。

房间是朝南的，外面春光明媚。窗户高达屋顶，厚厚的窗帘拢到两边。从阴冷的楼道走进这个房间，只觉得豁然开朗、春意盎然。壁炉里燃烧着旺盛的火苗，家具大而舒适，厚厚的地毯一踩就会陷下去。

一个年轻人站在壁炉旁。他穿得非常得体，非常漂亮；人也长得很英俊，有一种贵族气质。他像熟人似的跟大家打招呼，笑容如春风般宜人。小家伙们眼里先是露出怀疑的神色，但很快就接受了他的友好。他给桑顿先生和太太端来糕点和酒，让孩子们也吃着蛋糕，他还不时地的把酒递给孩子们，让他们抿上一小口。他真好啊。孩子们不由得想起了牙买加那个暴风之夜,从那之后他们再也没喝过酒。

很快又来了一批人,是玛格丽特、哈里,还有他们的姑母。这位姑母个子不高,脸色发黄,眼神里透着狂热。两拨孩子很久没见,有些生疏,彼此敷衍了事地问候了一下。那个年轻人——马蒂亚斯先生——同样热情地招待了玛格丽特他们。

大人们故作轻松,但孩子们或多或少地明白,一定有什么大事要发生。不过,他们也假装不知道。蕾切尔快活地爬到了马蒂亚斯先生腿上。大家围在壁炉边,艾米莉腰杆挺直地坐在脚凳上,爱德华和劳拉挤在一把大扶手椅里。

闲聊中出现了一次停顿,桑顿先生仿佛突然想起什么似的,转头问艾米莉:"跟马蒂亚斯先生说说你们的冒险,怎么样?"

"哦,对!"马蒂亚斯先生说道,"给我讲讲吧。你叫……"

"艾米莉。"桑顿先生小声说。

"几岁?"

"十岁。"

马蒂亚斯先生拿起一支笔和一张白纸。

"什么冒险?"艾米莉朗声问道。

马蒂亚斯先生循循善诱:"你们是乘一艘帆船出发的,对吗?克罗琳达号?"

"是的,那是艘三桅帆船。"

"然后呢?"

艾米莉想了想才开口。

"船上有只猴子。"她肯定地说。

"猴子?"

"还有很多海龟。"蕾切尔插话道。

"跟他说说海盗的事。"桑顿太太提示道。马蒂亚斯先生微微皱了一下眉头:"请让她按自己的意思讲。"

"好吧,"艾米莉波澜不惊地说,"我们的船被海盗占领了,没错。"

爱德华和劳拉猛地坐直了身子。

"你当时跟他们在一起,对吗,费尔南德小姐?"马蒂亚斯先生问。

费尔南德小姐?是谁啊?大家都看着马蒂亚斯先生,而他却看着玛格丽特。

"我?"玛格丽特如梦方醒。

"对,问你呢!说啊!"她姑母催促道。

"你应该回答'是的',"爱德华道,"你当时跟我们在一起,对吗?"

"是的。"玛格丽特笑了笑。

"那你刚才怎么不说?"爱德华训斥道。

马蒂亚斯先生发现了一个奇怪的现象:年龄最大的孩子居然得不到尊重。桑顿太太赶紧教训爱德华,让他注意礼貌。

"关于那次占领,你还记得那些事情?能跟我们说说吗?"马蒂亚斯先生仍旧问玛格丽特。

"关于什么?"

"海盗是怎么占领克罗琳达号的。"

她紧张地看看四周,笑了几声,却没说话。

"猴子爬到绳子上了,所以海盗就上船了。"蕾切尔越俎代庖。

"他们跟水手——呃,打架了吗?你们见他们打人了吗?或者威胁谁了吗?"

"是的!"爱德华从椅子上跳起来,眼睛睁得大大的,"乒!乓!

211

嘭!"他一边喊一边敲打椅子,喊完之后又坐了下来。

"他们没打人,"艾米莉说,"别傻了,爱德华!"

"乓!乓!嘭!"爱德华重复道,不过声音弱了许多。

"嘭!"哈里从姑母怀里探出头来,声援爱德华。

"叮当,叮当……"劳拉哼唱起来,用了不同的象声词。

"闭嘴!"桑顿先生吼道,"你们到底见过还是没见过?你们当中有谁看见他们打人了?"

"砍下他们的脑袋!"爱德华喊道,"把他们扔到海里去!扔得很远,很远……"他的眼神变得朦胧而悲伤。

"他们没打人,"艾米莉说,"根本没有人可打。"

"水手们在哪里?"马蒂亚斯先生问。

"他们在缆绳上。"艾米莉说。

"哦,我知道了。"马蒂亚斯先生转向蕾切尔,"你刚才不是说猴子在缆绳上吗?"

"它摔断了脖子。"蕾切尔不满地皱了皱鼻子,"它喝多了!"

"它的尾巴烂了。"哈里为猴子辩护。

"好吧。"马蒂亚斯先生问道,"他们上船之后,干了些什么?"

没有人说话。

"说嘛!他们干什么了?费尔南德小姐,他们干什么了?"

"我不知道。"

"艾米莉?"

"我也不知道。"

马蒂亚斯先生失望地靠在椅背上:"可你们一直看着他们!"

"没有。"艾米莉解释道,"我们进了船室。"

"然后就一直待在里面?"

"我们打不开门。"

"嘭嘭嘭!"劳拉做出砸门的样子。

"闭嘴!"

"那么,他们把你们放出来之后呢?"

"我们上了纵帆船。"

"你们害怕吗?"

"怕什么?"

"怕那些人。"

"哪些人?"

"海盗。"

"为什么要怕?"

"他们没吓唬你们吗?"

"吓唬我们?"

"有!何塞打嗝了!"爱德华开心地插话,说着还模仿了起来。桑顿太太让他住口。

"现在,"马蒂亚斯先生严肃地说:"我希望你能告诉我一件事,艾米莉。你跟海盗在一起时,他们有没有做什么让你不喜欢的事?你知道我的意思,就是那种下流的事。"

"有!"蕾切尔大叫一声,大家都转脸看着她。"他居然当众讨论内裤!"蕾切尔仿佛在说一件骇人听闻的丑事。

"他怎么说的?"

"有一次,他让我们不要穿着内裤在甲板上玩滑梯。"艾米莉尴尬地说。

"就这些吗?"

"他根本就不该说内裤。"蕾切尔道。

"那你也别说了。"爱德华嚷道,"自作聪明的家伙!"

"费尔南德小姐,"马蒂亚斯先生换上了律师的口吻,"你有什么

213

需要补充的吗?"

"什么?"

"这个……就是我们刚才说的那件事。"

她从一个人看到另一个人,但是什么也没说。

"我不想强迫你说那些细节,"马蒂亚斯先生温和地说,"他们有没有对你做出某种……怎么说呢,暗示?"

艾米莉亮晶晶的眼睛盯着玛格丽特,想去捕捉她的眼神。

"你别问玛格丽特,"她姑母不高兴地说,"你肯定明白发生了什么事!"

"很抱歉,我必须问清楚,"马蒂亚斯先生说,"也许下次吧。"

桑顿太太已经皱着眉头噘着嘴等了好长时间,终于可以结束这个问题了。

"是的,还是下次再问吧。"她说。于是,马蒂亚斯先生又把话题转回到克罗琳达号的占领上。

结果,他发现孩子们对当时的事情几乎一无所知。

5

大家都走后,桑顿先生留在后面。马蒂亚斯先生很喜欢桑顿先生,他递给桑顿先生一支雪茄,两个人在炉火前坐了一会儿。

"那么,"桑顿先生问,"讯问让你满意吗?"

"基本上吧。"

"我注意到你一直在问克罗琳达号的事,这方面的资料你不是已经掌握了吗?"

"是的,我当然掌握了。我想把孩子们的话跟马波尔的宣誓书核对一下,看看孩子们是否靠得住。"

"结果呢?"

"跟我预想的一样。想从孩子们嘴里问出事情来,还不如去问海盗本人呢。"

"你到底想知道哪些事情?"

"所有事情。我想知道完整的经过。"

"你不是知道了吗?"

马蒂亚斯先生突然恼怒起来:

"你知道吗?桑顿,如果没有这些孩子的帮助,我们甚至不能给他们定罪!"

"问题出在哪儿?"桑顿先生的语气很克制。

"我们当然可以定他们海盗罪。但是从一八三七年之后,海盗罪已经不能判死刑了,除非他们在抢劫中致人死亡。"

"难道一个小男孩的死还不算'致人死亡'吗?"桑顿先生冷冰冰地问。

马蒂亚斯先生奇怪地看着他:

"你的儿子被带上了纵帆船,然后失踪了。我们可以猜测发生了什么事情。但是严格说来,我们没有证据来证实他已经死亡!"

"是啊,他没准儿自己游过墨西哥湾,跑到新奥尔良去了!"桑顿先生狠狠地把雪茄捏成了两半。

"我知道这很……"马蒂亚斯先生温和地劝慰道。话没说完就打住了,他还是理智地说出事实,"私下里我们当然可以认为这个孩子已经死了,但是在法律上还有疑点。凡是法律上有疑点的地方,陪审团是不会定罪的。"

"难道陪审团就没点常识吗?"

停顿了一下之后,马蒂亚斯先生问道:"那男孩到底怎么了,其他孩子就没露过一点线索吗?"

"没有。"

"他们的母亲问过他们了吗?"

"千方百计地问过。"

"可他们应该知道啊。"

"真是可惜啊,"桑顿先生气呼呼地说,"海盗在杀一个孩子的时候,居然没有邀请他的姐妹来观看!"

马蒂亚斯先生非常大度,没有计较桑顿先生的冷嘲热讽。他只是在椅子上动了动,清了一下嗓子。

"除非我们找出杀人的证据,不管是杀你儿子的,还是杀荷兰船长的,否则这些人就会逃脱制裁。当然,流放是免不了的——现在的局面很困难,桑顿,"他往前凑了凑,向桑顿先生说出几句推心置腹的话,"作为律师,我们当然希望让他们受到重判,只判个海盗罪肯定不能让我们满意。但是证据太少了。陪审团的几位重要成员甚至对海盗罪都不太确定。我不知道他们什么时候才能达成一致。一派人认为应该判他们公海抢劫罪,虽然听上去罪名要重一些,但也是换汤不换药。而且,另一派人根本不同意这种看法。"

"在外行人看来,客舱里有人自杀,船长的女儿遭到非礼,这些都很难界定为海盗罪,对吗?"

"是啊,你也看到问题之所在了。我们通常只把海盗罪作为附加罪,用来加重刑罚。比如说,基德船长根本不是因为海盗罪而判绞刑的。指控他的第一项罪名是蓄意谋杀自己船上的炮手。他穷凶极恶地重击被害人头部,致人死亡,凶器是一个价值八便士的木桶——这些都是有据可查的。我们现在缺少的恰恰是有据可查的东西。就拿第二宗案子来说吧,荷兰汽轮的船长被带回了海盗船,然后就失踪了。到底发生了什么事?我们只能靠猜测。"

"不是有'坦白从宽'的说法吗?"

"他们口风很严。我们不能指望海盗自己招供。仅有的目击者就是孩子们。让受尽迫害的孩子们亲手把海盗送上绞架,这才大快人心呢!"

马蒂亚斯又顿了顿,紧紧地盯住桑顿先生:"孩子们回来好几个星期了,难道就一次也没提过范德胡特船长的死吗?"

"没有。"

"那么,你觉得他们是真的不知道,还是吓得不敢说?"

桑顿先生不知是叹了口气,还是松了口气:

"不,我觉得他们没怎么受惊吓。但我认为他们确实瞒着某些事情。"

"为什么呢?"

"因为在海盗船上的时候,他们显然是喜欢上了那个琼森,还有他那个叫奥托的副手。"

马蒂亚斯简直不敢相信:"孩子们就这么不辨是非吗?"

桑顿先生脸上的讥讽意味更浓了:"完全有可能啊。即使孩子,偶尔也会犯错嘛。"

"但是,喜欢上一个……这不可能。"

"这是事实。"

马蒂亚斯耸了耸肩。作为一个刑事律师,他根本不关心事实,他关心的是盖然性①。作家才需要关心事实呢,因为他们必须写清楚某人在某一时刻做了什么事。律师管不了这么多,他只需证明普通人在某种情况下通常会怎么做就行了。

律师不关心事实,这听上去多矛盾啊。马蒂亚斯暗自冷笑了一下,这些话他当然不会说出口的。

他说:"既然他们知道,我就要想办法问出来。"

"你想让他们出庭作证吗?"桑顿先生突然问道。

"当然不会让他们都去,上帝也不允许!但是恐怕至少有一个孩子需要出庭。"

"哪个?"

"这个嘛,起初我们定的是那个姓费尔南德的女孩。但是,她看上去……不太合适吧?"

---

① 盖然性(probabilities),即可能性。英美法系中,对刑事案件的判定原则是"达至超过合理怀疑的高度盖然性"。

"是的。"桑顿先生往前一探身,补充道,"离开牙买加时她还好好的。当然,也有点傻。"

"她姑母说她好像失去了记忆,起码失去了部分记忆。如果我传她出庭,别人会看出来的。"

"所以?"

"我会传你的艾米莉。"

桑顿先生站起身来。

"好吧。"他说,"但你必须自己跟她说证词。你可以写下来,让她多背几遍。"

"我会的。"马蒂亚斯端详着自己的指甲,"我从来不打无准备之仗。不过,让孩子出庭真是迫不得已……"

桑顿先生在门口停了下来。

马蒂亚斯接着说:"孩子的想法谁也说不准,你不能抱太大希望。他们会说出你想听的话。但是如果他们看着被告的律师顺眼,他们也会说出他想听的话。"

桑顿先生做了一个很有外国味的手势。

马蒂亚斯把话说完:"周四下午我想带她去杜莎夫人蜡像馆,碰碰运气吧。"

然后,桑顿先生就告辞了。

6

艾米莉很喜欢蜡像，但她不知道马蒂亚斯先生正在为琼森船长"塑像"。他将被塑造成一个嗜血成性的杀人狂徒，手里握着鲜血淋漓的刀。艾米莉跟马蒂亚斯先生相处得很好，她喜欢跟成年人在一起，摆脱那些缠人的小家伙。离开蜡像馆之后，他们去了贝克街的一家小面包店。马蒂亚斯先生让艾米莉给他倒茶，但艾米莉突然害羞起来，他只好自己倒了。

马蒂亚斯先生千方百计地琢磨艾米莉，设法投其所好——有点像道森小姐。他瞅准机会，突然故作随意地谈到了范德胡特船长的死。果然，艾米莉毫无防备，措手不及。可惜他假装的漫不经心被艾米莉看穿了，结果什么都没问出来。回家的路上，马车刚起步，艾米莉就剧烈地恶心起来。大概是吃了太多奶油卷的缘故吧。呕吐之后，有种天昏地暗的感觉。艾米莉有气无力地躺在床上，用一个平底杯子小口小口地喝着水。她心里波澜起伏，脸上却不动声色。

父亲难得在家待了一晚上。现在他正躲在卧室的阴影中观察艾米莉。在这位剧评家眼里，这间小小的斗室就是舞台，那个小小的女孩就是悲剧的主角。从感情上讲，他心疼自己的骨肉；但从理智上讲，他欣赏这种痛苦而微妙的挣扎。他就像坐在包厢里的观众，虽然对剧中人充满了同情，但绝不肯错过这场好戏。

然而，仔细观察之后，他敏锐的眼睛发现了不同寻常的东西，由此产生的感觉既不是同情，也不是欣赏。他痛苦地意识到，那种感觉是害怕——他害怕这个小女孩！

怎么会呢？一定是因为灯光昏暗的缘故，要不然就是生病的原因，才让女儿脸上露出那种漠然的、冷酷的表情。可是，他真的确定吗？

桑顿先生轻手轻脚地向门外走去。突然，艾米莉痛苦地呻吟一声，半个身子探到床外干呕起来。桑顿先生扶起艾米莉，喂她喝下杯里的水。他两手托着艾米莉热乎乎、汗津津的脑袋，直到她筋疲力尽地沉沉睡去。

马蒂亚斯先生又带艾米莉出去玩过几次，也到家里来问过她几次。可他还是什么也问不出来。

艾米莉到底在想什么？现在连我也看不透她，所以，我们只能凭空猜想了。

马蒂亚斯只好认输。不过，他也会自圆其说。现在他坚信艾米莉没隐藏什么，如果有的话，他早就问出来了。

虽然艾米莉不能提供信息，但她仍是宝贵的目击证人。所以，正如桑顿建议的那样，马蒂亚斯叫助手精心准备了一份证言，交给艾米莉，让她用心牢记。

艾米莉把证言带回家让妈妈看，妈妈说马蒂亚斯先生说得很有道理，所以艾米莉一定要用心记。于是艾米莉把它贴在镜子上，每天早上背两条。妈妈在检查完其他作业后，就检查她的背诵情况，并帮她纠正平板的背书语气。艾米莉想不明白，死记硬背的东西怎么可能跟平常说话一样自然呢？她肯定做不到。艾米莉时记时忘，直到开庭前还是背得磕磕绊绊。

他们再次乘车进城，这次去的是中央刑事法院。法庭外面人头攒动，爸爸急匆匆地把艾米莉推了进去。法庭非常壮观，到处都是警察。艾米莉在一个小房间里等待传唤，身边的警察让她越等越紧张。到时候她会不会忘词？传唤证人的声音不时在走廊里回荡。妈妈陪着艾米莉，爸爸只是偶尔过来看一眼，小声说说庭审的进展情况。艾米莉拿着那份证言，不停地看了又看。

终于，有个警察走过来，把他们带到了法庭上。

刑事法庭是个奇怪的地方，它的场所设置几乎跟教堂一模一样，没有自己的建筑特色。穿长袍的法官就像一位正在主持弥撒的主教。总之，你很难看出来，这里其实是死神的领地。

艾米莉走进法庭，从一群身穿黑袍、手握羽毛笔的书记员身边经过。她最先看到的不是法官，不是陪审团，也不是犯人。她的眼睛牢牢地盯在法官助理脸上，那是一张苍老、儒雅、超凡脱俗的脸。他坐在法官席的下方，头向后仰，嘴巴微张——他睡着了。

当法警领着艾米莉走向证人席时，法官助理的脸还深深印在她脑海里。马蒂亚斯给她的证言中，第一部分就是当庭宣誓。艾米莉在法庭指引下说出早已熟记的誓言，紧张感随即慢慢消退。马蒂亚斯先生穿着华美的袍子出场了，向艾米莉提出了那些精心准备过的问题。艾米莉跟他一搭一档，流畅地背出了所有问题的答案。不过她一直盯着证人席的栏杆，生怕一抬头就会记错。最后，马蒂亚斯先生终于问完了，艾米莉这才抬起头环视四周。在那个熟睡的人上方，坐着一个更优雅的人,不过是醒着的。他跟艾米莉说了几句话,声音非常和蔼可亲。他穿着那身奇怪的行头,手里转动着一小束花,简直就像一位乐于助人的善良的老巫师。

艾米莉自己下方的长桌边上,坐着另外一些戴假发的人。其中一个在画鬼脸,自己脸上却很严肃。还有两个人在窃窃私语。

这时,另一个人站了起来。他比马蒂亚斯先生矮一些,年龄也大一些,长得既不好看,也不好玩。现在轮到他提问了。

这位沃特金先生是被告的辩护律师,也很精明。他注意到马蒂亚斯先生在问话时绝口不提范德胡特船长之死。有两种可能:第一,这个孩子什么都不知道,这就意味着原告的证据链中缺少了重要一环;第二,这个孩子知道一些事情,是对被告方有利的,所以马蒂亚斯不肯提问。沃特金先生本来想用律师的惯用手法,从艾米莉刚才的证词中寻找漏洞,然后连哄带吓,逼她说出自相矛盾的话来。但这些伎俩太老套了,连愚蠢的陪审员都能看透。而且,本案根本没有无罪释放的指望,当务之急是设法摆脱谋杀指控。

沃特金先生决定改变策略。他用一种和蔼的声音开始提问(当然,他的音色远远比不上法官那么浑厚)。他没有对艾米莉穷追猛打,希望自己对艾米莉的"心慈"能换来法庭对他的"手软"。

沃特金先生一上来先问了几个无关紧要的问题。艾米莉慢慢放松下来。

这时,他抛出了撒手锏:"亲爱的小姐,我还有最后一个问题要问。请你一定大声、清楚地回答,好让我们都能听见。我们都知道了荷兰汽轮的事——就是装有动物的那艘船。有迹象表明当时发生了可怕的事情。有人说荷兰船长被带到纵帆船上,并遭到了谋杀。现在我想问你,你看到这件事发生了吗?"

艾米莉沉默了半响,脸色变得苍白,身体剧烈打战。突然,她发出一声尖叫,几秒钟之后,又低头啜泣起来。大家一声不响地听着,心都提到了嗓子眼。只听艾米莉抽抽搭搭地哭道:"……他躺在自己的血里……太可怕了!他……他死了,他说了一句什么话,然后就死了!"

这就是大家能听清楚的几句话。沃特金先生如遭雷击,茫然失措地坐了下来。这种证词的威力太惊人了。马蒂亚斯却一点也不吃惊,他胸有成竹地坐在那里,看着对手掉进自己设下的陷坑。

法官身体前倾,想问艾米莉几个问题,但她只是不停地尖叫和哭泣。法官又试着安慰她,但艾米莉已经歇斯底里,完全听不进去了。好在她刚才说的话已经足够了,所以法庭让桑顿先生把她抱出了证人席。

在父亲的怀里时,艾米莉终于看见了琼森和船员们。他们被紧紧地捆着,关在一道围栏后面,比分手时瘦了许多。艾米莉看见了琼森的眼睛。他的眼神好可怕,让艾米莉想起了一件什么事情。

父亲匆忙带艾米莉回家。一坐上出租车,艾米莉就平静了下来,速度快得让人吃惊。她叽叽喳喳说起了刚才的见闻,仿佛刚刚参加了一场舞会:有个人在睡觉;有个人在画鬼脸;有个人拿着一束花;我的证词没说错吧?

"船长当时在那里,"她说,"你看见了吗?"

"我们这是在做什么?"她突然问道,"我为什么必须记住那些问题?"

桑顿先生没有回答。他下意识地畏缩了一下,不敢碰自己的女儿艾米莉。他脑子里乱得像一团麻:艾米莉真的那么傻?不知道发生了什么事吗?她真的不知道自己做了什么吗?他偷偷瞥了一眼艾米莉纯真的小脸,现在连一点泪痕都找不到了。他该做何感想?

艾米莉仿佛看透了父亲的心思,脸上浮起一层淡淡的愁云。

"他们要对船长做什么?"她的声音透着一丝忧虑。

父亲还是不说话。艾米莉脑中浮现出船长的脸,那种表情让她想到了什么……

突然,她喊了起来:"爸爸,塔比呢?牙买加那个可怕的晚上,塔比到底怎么了?"

7

审判很快就结束了。法官宣布判处海盗们死刑,然后就把他的慈悲和关注转移到下一件案子上了。

后来,有几名船员改判缓刑,被流放了。

行刑前夜,琼森割开了自己的喉咙。但看守及时发现了这一点,给他包扎了伤口。第二天早上,他完全失去了知觉,只好用一把椅子抬到绞刑架下。他最后是坐在椅子上被绞死的。奥托弯下腰吻了吻他的前额,但他什么也不知道。

从《泰晤士报》的消息看,表现最突出的是那个黑人厨子。他面无惧色,而且还安慰其他人。

"我们是来此受死的,"他指着绞刑架说,"这个可不是凭空竖起来的。我们注定要死在这里,谁也阻止不了。就算我们现在不死,几年之后也会死。再过几年,法官和其他人也都会死。你们知道我是清白的,我做的事都是你们强迫的,但我不遗憾。我宁可现在清白地死,也不愿意以后背着罪孽死。"

8

几天之后,学校开学了。桑顿先生和太太把艾米莉送进了布莱克西斯的新学校。父母跟女校长喝茶的时候,艾米莉认识了一群新朋友。

"可怜的小家伙,"女校长说,"我希望她能尽快忘记那些痛苦经历。女孩们会对她格外关照的。"

另一个房间里,艾米莉和其他新来的女孩,还有高年级的女孩,正在相互做介绍。看着那些天真快乐的面孔和柔软优美的肢体,听着那一串串银铃般的笑声,也许上帝还能认得出哪个是艾米莉。而我,再也认不出来了。